KB080745

저희를
사랑하기에
내가

# 저 희 를
# 사 랑 하 기 에
# 내 가

황 명 걸

시 선 집

구중서·신경림 엮음

창비

일러두기

1. 제1부는『한국의 아이』(창작과비평사 1976)에서, 제2부는『내 마음의 솔밭』(창작과비평사 1996)에서, 제3부는『흰 저고리 검정 치마』(민음사 2004)에서 가려 뽑았으며, 제4부는 신작시이다.
2. 명백한 오자는 바로잡았고, 현행 맞춤법에 따랐다.
3. 한자는 필요한 경우 괄호 안에 병기했다.
4. 배열은 간행순으로 하되, 같은 시집에 수록된 시는 일부 순서를 조정하였다.

제1부

—

한국의 아이

# 불행한 미루나무

사람은 오갈 수 없어도
키가 커 남과 북을 굽어볼 수 있던
판문점 공동경비구역 안의 미루나무는
분단된 이 나라에서는 행복한 존재였다
그러나 1976년 8월 18일
한낮에 휘두른 도끼에 목숨이 앗긴 비극적 피의 사건을
그 아래서 눈뜨고 볼 수밖에 없은 뒤로는
세상에서 가장 괴로운 존재가 되고 말았다
그리고 이틀 후 앞을 가린다는 이유로
전기톱에 밑동째 잘려버리고 말았으니
세계에서 가장 불행한 나무가 되고 말았다
그래서 바람이 부는 날이면
신의주에서 부산까지 삼천리에 늘어선 미루나무들은
동류의 억울한 죽음을 슬퍼하여
오늘도 기다란 몸을 흔들며 울고 있다

# 한국의 아이

배가 고파 우는 아이야
울다 지쳐 잠든 아이야
장난감이 없어 보채는 아이야
보채다 돌멩이를 가지고 노는 아이야
네 어미는 젖이 모자랐단다
네 아비는 벌이가 시원치 않았단다
네가 철나기 전 두분은 가시면서
어미는 눈물과 한숨을
아비는 매질과 술주정을
벼 몇섬의 빚과 함께 남겼단다
뼛골이 부서지게 일은 했으나
워낙 못사는 나라의 백성이라서
뼛골이 부서지게 일은 했으나
워낙 못사는 나라의 백성이라서
하지만 그럴수록 아이야
사채기만 가리지 않으면
성별을 알 수 없는 아이야
누더기옷의 아이야

계집아이는 어미를 닮지 말고
사내아이는 아비를 닮지 말고
못사는 나라에 태어난 죄만으로
보다 더 뼛골이 부서지게 일을 해서
머지않아 네가 어른이 될 때에는
잘사는 나라를 이룩하도록 하여라
머지않아 네가 어른이 될 때에는
잘사는 나라를 이룩하도록 하여라
그리고 명심할 것은 아이야
일가친척 하나 없는 아이야
혈혈단신의 아이야
너무 외롭다고 해서
숙부라는 사람을 믿지 말고
외숙이라는 사람을 믿지 말고
그 누구도 믿지 마라
가지고 노는 돌멩이로
미운 놈의 이마빡을 깔 줄 알고
정교한 조각을 쫄 줄 알고

하나의 성을 쌓아올리도록 하여라
맑은 눈빛의 아이야
빛나는 눈빛의 아이야
불타는 눈빛의 아이야

# 새 주소

남들은 강남으로 내려간다지만
우리는 서울 이북으로 올라왔다

보기에도 살벌한
또치까 같은 검문초소와
쭈뼛쭈뼛한 탱크 저지물이 볼썽사납지만
경기도 고양군 신도면 진관리는
우리의 새 주소
북으로 시원하게 뚫린 아스팔트 통일로가
가슴을 두근거리게 한다

이십오년 전
숨죽이며 월남해 왔던 길
이 길을 달리다보면
어느덧 할머니를 뵈러 가는 기분이 되고
더구나 개구리 울음마저 자지러들면
밤중에 겁도 없이
맨발로 술찌꺼기 얻으러 평천리로 가던

착각마저 든다

그래서 때로 나의 요즘 귀로는
반가운 귀향이 되고
우리의 새 주소는 본적지 같다
평안남도 평양시 유동
양각도를 건너다보는 대동강가
내가 헤엄을 배우고
매생이를 타던 곳

남들은 강남으로 내려간다고 자랑이지만
우리는 서울 이북으로 올라오길 잘했다고 여긴다

# 서글픈 콘트라스트

로터리에
백목련 활짝 웃음 짓고
플라타너스 말갛게 세수했다

별러서 어쩌다
아기의 손목 잡고
변두리의 젊은 부부 나들이 나오고

멀리서 국민학교 학생들이
직접 보고 들어 배우려
꿈에 그리던 수학여행을 왔는데

민족 수호지라는 신문사에서 목잘린
기자들의 침통한 침묵시위가
이 나라 수도의 심장부 세종로에 긴 행렬을 짓는다

아무 일 없는 듯
실로 아무 일 없는 듯

태평로로는 차량들이 달려가고 오고

신문사가 주인인 호텔엔
까맣게 높이 인부들이 매달려
값싼 임금에 유리창을 닦는다

한 도시에
두 봄
이 서글픈 콘트라스트여

# 변기 속의 쿠데타

하얀 사기변기에 떨어진 한가닥 치모
그것이 나를 긴장케 한다

처음 그것은 시체였다
그러나 내가 그것을 보았을 때
이미 그것은 단순한 터럭이 아니었다
그것은 한마리의 꿈틀거리는 생물
악취와 미끄러움에서 몸부림치는
반항아였다

독한 소변에
씻겨도 씻겨도 쓸려 내려가지 않고
오히려 고개 들며 대드는
그 집요한 저항
변기 속에 가득 적의가 찬다
적요가 감돈다
쿠데타설
나는 열에 떠 온몸을 떨고

하얀 사기변기에 떨어진 한가닥 치모
그것이 나를 전율케 한다

# 지조(志操)


한포기 작은 풀일지라도
그것이 살아 있으면
비에 젖지 않나니
더구나 잎이 넓은
군자풍의 파초임에랴
빗방울을 데불고 논다

한마리 집오리일지라도
그것이 살아 있으면
물에 젖지 않나니
더구나 몸가짐이 우아한
왕비 같은 백조임에랴
물살을 가르며 노닌다

# 서울 1975년 5월

아침 봄비는 세종로 네거리에
커다란 조화 다발을 리어카에 싣고
서성이는 한 소년이 있다
배달할 집을 찾지 못해서가 아니다
배달할 집은 알고 있으나
정녕 배달할 곳은 따로 있다고
어린 마음에도 생각되기 때문이다
소년은 혼자 볼멘소리를 한다
내심 아까부터 조화 다발을 자꾸
네거리 한복판에 세우고 싶은 것이다
씽씽 자동차들은 달려가고 오지만
기실 죽은 듯 조용하기만 한
서울 거리가 못마땅한 것이다

# 아내여, 다도해를

인스턴트커피와 연탄재가 함께 있는 도시에서 아내는 아침부터 주인집서 연탄을 꾸었는데 나는 넥타이를 맵네 하고 동료들과 어울려 모닝커피를 마시던 그런 심란한 일일 랑 잠시 잊기로 하자

외상을 그을 수 있어 좋지만 음식 맛이라곤 없는 중국집에서 담뱃불에 곰보처럼 얽은 비닐보와 때 전 소독저가 꼭 구질구질한 날에 사 드는 초라한 비닐우산 같던 그런 스산한 일일랑 잠시 잊기로 하자

난방이 잘되고 철제 책상이 말쑥한 사무실에서 낮살만 처먹었지 든 것이라곤 쥐뿔도 없으면서 큰소리만 치는 데스크가 아니꼬워 공연한 남근만 뻣뻣해져 변소에 드나들던 그런 언짢은 일일랑 잠시 잊기로 하자

이제 그렇게 설레던 바람도 자고 밤은 역청물감 풀어놓은 수묵화인데 어린것들 코골며 곤히 잠에 떨어졌으니 우리 성에 낀 창 안에 하이든의 실내악이나 나직이 틀고 아내

여, 연록의 다도해를 감돌지 않겠는가

# 타락초(墮落抄)


겨울이 겨울답지 않고

세상은 변했다

길고 지루하기만 한 겨울

유예의 어두운 계절

사람들은 노름에 빠지고

나는 변비였다

창백한 형광 불빛 아래서

카드를 조이며

파르르 떨던 손가락

지폐가 낙엽처럼 쌓이고

밀물인가 하면 썰물

바람이 센 판

변비일 수밖에 없었다

꽉 찼으나 꼭 막힌

심한 변비

변비는 좀처럼 뚫리지 않았다

그렇잖아도 깜깜한 세상에서

뒤마저 답답하니

사는 게 고생이었다

나는 헛되었고

모든 게 싫었다

굵고 긴 똥자루가 뿌득 빠지는

더할 나위 없는 시원함

참된 것은 오직 그뿐이었다

그러나 정력적인 남근

위대한 생애 같은

굵고 긴 똥자루는 빠지지 않았다

손톱에 까맣게 때가 끼도록

밤새 조이던 에이스

빅에이스처럼

기다리는 것은 언제 올까

내 변비는 언제쯤 부드러워질까

유예의 어두운 계절은 언제 걷힐까

그리고 언제쯤이나

겨울이 겨울다워지고

세상은 바로잡힐까

# 불만의 이 겨울

— 무슨 날씨가 이렇담
얼음도 지칠 수 없다고
아들놈이 투덜댄다
아비를 닮았는가보다
겨울 날씨란 쌩쌩
매운맛이 있어야 한다는
배에 기름은커녕 깡마르고
성깔마저 꼬장꼬장한 아비
얼렁뚱땅 얼버무리는
이른바 무난한 성격의
이 겨울이 못마땅해
계절을 역행하는
소위 이상난동이 싫어
아비는 숫제 화가 났다
포장마차의 꼬치 맛
그 맛이 안 나는
이유 하나만으로도
아무튼 아들놈과 아비는

이 겨울 불만투성이다

# 삼중절(三重節)의 삼중고(三重苦)


한식과 청명이 겹친 식목일
그 드문 삼중절에 나는 내심
금년은 남들처럼 성묘도 가고
정원에 식수도 하자고 했다
그러나 정작 그날 나는 헛되게
종일토록 친구와 바둑만 뒀다
성묘를 가려 해도
북녘땅에 두고 온 묘를 찾을 수 없고
묘목 살 돈이야 없지 않지만
나무 살 마음의 여유가 없어
종일토록 꼬박 바둑만 뒀다
하지만 바둑을 두면서도 노상
일을 하고 싶지만 자리가 없고
일을 해도 입에 넣을 게 없고
뜻이 있으되 뜻대로 펼 수 없는
삼중고의 걱정이 떠나지 않았다
그러니 바둑이 될 리 없는 노릇
번번이 묵사발로 지기 일쑤였고

만방 축방도 여러번 했다
바둑이 조금도 재미가 없으면서
그래도 점심 저녁, 석간신문까지 걸렀다
물론 그것은 오기였지만
그러고 늦게야 대폿집을 찾아들어
화풀이라도 하듯 애꿎은 술만 퍼마셨다
그러나 바둑의 나쁜 뒷맛 같은
그 무엇이 끝내 남아
골치만 지끈지끈 때렸다

# 실업의 계절

— 고장난 시계나 라디오, 증권 삽니다
늙은 행상의 맥빠진 외침소리가 잦아드는 골목 안에서
지난여름 우리는 얼마나 답답해 죽으려 했던가
사지가 멀쩡하고 능력도 있으면서
일자리가 없어 방바닥을 뒹굴고
예비군복이나 걸치고 동네를 헤매던
그 무위의 하고한 나날들은
얼마나 참을 수 없는 지옥이었던가

남들은 일을 해 흘린 땀을 시원히 목물로 씻어버리고
개운한 몸과 마음으로 내일을 준비하는데
쏟아지는 수도 물발에 남근 대가리를 맞으며
야릇한 쾌감에나 젖던
그 변태의 여름, 실업의 계절이여

이 여름 나는 요행히 자리를 얻어 일할 수 있어
휴일 낮 불타는 뜨락에 물을 뿌리고
식물 같은 식솔들과 함께 마루에 앉아

밭에서 갓 뜯은 상추를 싸느라 손을 적시지만
생각하면 남의 일이 남의 일 같지만 않다

── 고장난 시계나 라디오, 증권 삽니다
늙은 행상의 맥빠진 외침소리가 잦아드는 골목 안에서
이 여름 또 얼마나 많은 사람들이
아, 답답해 죽으려 할 것인가

# 그날 호외는

걸핏하면 호외가 거리에 나돌던
근년 서울의 추운 겨울
어느 산번지 움막집에서 일어난 참사
이불 팔아 며칠
솥 팔아 몇끼
마지막 숟갈 팔아 한끼 연명하고는
지어미가 지새끼를
지아비가 지어미를
제가 제 목숨을 끊어 일가족 집단자살한
그날 호외는 얼씬도 안했다
조등도 없는 상가에
쫏쫏 이웃만 혀를 찰 뿐
산번지에는 밤새
루핑을 찢으며 삭풍만 불었다

# 이럴 수가 없다

이럴 수가 없다
이럴 수가 없다
사지가 멀쩡한 청년이
정말 이럴 수가 없다
타이트한 엉덩이 팬티 자국에 신경이나 쓰고
벌어진 스커트 지퍼 속에 한눈이나 팔고
불룩한 블라우스의 내용물의
진위 여부에나 관심하다니
지금이 어느 때라고

이럴 수가 없다
이럴 수가 없다
사지가 멀쩡한 청년이
정말 이럴 수가 없다
다방에 앉아 금붕어마냥 엽차만 꼴깍꼴깍 마시고
진종일 바둑판을 들여다보며 염소마냥 줄담배나 피워
대고
해 떨어지면 그렇고 그런 패들과 어울려

막걸리잔이나 기울이다니
지금이 어느 때라고

이럴 수가 없다
이럴 수가 없다
사지가 멀쩡한 청년이
정말 이럴 수가 없다
차라리 온몸에 휘발유 끼얹고 불을 댕기든가
고층건물 옥상에서 몸을 내던지든가
아니면 철로를 베개 삼아 눕거나
달려오는 열차에 뛰어들어야지
지금이 어느 때라고

지금은 노동의 계절
오곡을 익히는 위대한 여름
우리가 땀 흘려 일할 때
일용할 양식을 얻기 위하여
비 오듯 하는 땀에 눈 쓰린 줄 모르고

불거진 구릿빛 팔뚝 높이 쳐들어
곡괭이를 하늘에서 번쩍이게 할 때다

# 나의 손

서른 하고도 넷
예수의 수명인 나이에
아직 철들지 못한 가장
몸은 약해빠졌고
마음은 모질지 못한데다
손까지 희고 가늘다
부끄러워라
어쩌다 아내보다 고운 나의 손이여
그 손으론
한조각 목문패, 한뼘 땅이 없음을 개탄할 수 없다
오직 굵은 매듭에
소나무 등걸 같은 피부의
아내의 손을 찬양해야 한다
그리고 길모퉁이
구두수선장이의 갈라지고 굳은살 박인 손을
닮아야 한다, 닮아야 한다

# 산번지의 가을

소슬한 바람이 불면
벌써 으스스 떨리는
산번지 주민들
색깔 있는 옷과는 숫제 연이 달라
그렇잖아도 우중충한 동네가
금방 진눈깨비라도 날릴 듯
무겁고 어둡다
손바닥만 한 땅도 마당이라고
날아와 떨어지는 한잎 낙엽
올겨울 식솔이라도 하나
잃지 않을까
불길한 걱정이 앞선다

# 붉은 산

진초록빛 산의
점점이 붉은 흙
그것은 언제 보아도 친근하다

하지만 헐벗어 붉은 산
그거야 우리네 적빈 같아
볼 적마다 측은하다

우리 아버지 어머니의
흰 무명옷에 배었던 흙물
검정 고무신에 묻었던 흙덩이

그 흙도 붉었으니
한시도 그것을랑
떼고 다니지 못하였다

평생을 함께하여
어릴 적은 동무하고

커서는 얽매여 살았다

기계총 앓은
동네 아이의 머리통 같은
붉은 산이여

그것은 늘 우리 곁에 있어
볼 적마다 서글프나
반가움이 더한다

# 삼한사온 인생

한뼘 땅이 없어도
한조각 목문패가 없어도
서러울 것이, 억울할 것이 없다
옆방 김형이 그렇고
앞집 최서방이 그렇고
동네 장삼이사가 모두 그렇지 않은가
먼저 간 친구 청관이를 생각하면
몰살한 산번지의 윤씨 일가를 생각하면
참말 내 고생은 아무것도 아니다
되로 쌀 팔고
개로 연탄 사도
세때 끼니 거르지 않고 불 꺼뜨리지 않으니
계집 있것다
새끼 있것다
배 채우고 따끈한 아랫목에 새끼들 재우고 나서
계집 끼고 누우면
그 팔자 상팔자 아니고 무엇이냐
구겨버릴 인생이 아니다

버려도 주워가지 않을 따라지 인생이지만
참아보는 것이다
참고 살아보는 것이다
그러면 삼한사온 우리네 겨울처럼
이렁저렁 그렁저렁 살 만한 것이다
놀부 같은 놈 있으면
주먹질도 하고
장화홍련의 계모 같은 년 있으면
욕지거리도 하며
그렇게 저렇게 살아가는 것이다

# 무악재에서

맨몸으로 오르기도 숨이 찬
무악재 가파른 고갯길
리어카에 잔뜩 야채를 싣고
초로의 내외가 올라왔다
바깥분은 앞에서 끌고
안분은 뒤에서 밀며
그 나이에 용케도 올라왔다
피우다 꺼둔 진달래 꽁초를
찾아 불을 붙이는 주인
그 옆에 주인을 쳐다보며
말없이 땀을 훔치는 내자
그들의 그은 얼굴, 파인 주름살에선
고생의 역정이 역력한데
그게 오히려 훈장처럼 빛날 뿐
노추는 추호도 찾아볼 수 없다
가난하나 성실한 삶 앞에선
맥을 못 쓰는 노추
그래 들이마시는 담배 모금이

그렇게 맛있어 보일 수가 없고
머리카락을 쓸어올리는 손길이
그렇게 멋져 보일 수가 없다

# 그날의 회상

그녀가 빗속을 노래하며 찾아왔을 때
나는 폭우 속의 강행군을 회상하였고

그녀가 함박눈이라고 환성을 질렀을 때
나는 피로 물든 낙하산을 회상하였고

그녀가 우박이 따갑다고 간드러졌을 때
나는 적기가 누비던 기총소사를 회상하였고

그녀가 별 하나 나 하나를 세었을 때
나는 돌아오지 않은 야간비행을 회상하였고

그녀가 유성이 떨어진 곳을 물었을 때
나는 초조히 기다리던 신호탄을 회상하였고

그녀가 눈에 가득 달빛을 담았을 때
나는 머리 위에서 터지던 조명탄을 회상하였고

그녀가 나비를 잡아달라고 졸랐을 때
나는 살을 헤집고 박히는 파편을 회상하였고

그녀가 구름을 사랑한다고 종알댔을 때
나는 고지 너머 피어오르던 포연을 회상하였고

그녀가 머리에 꽃을 꽂았을 때
나는 전우의 붉은 상처를 회상하였고

그녀가 나에게서 떠나겠다고 말했을 때
나는 전장에서 산화해간 무명용사들을 회상하였다

# 어느 고아의 죽음

— 어머니,
잠깐 이마에 손을 얹어주셔요
전 지금 팔팔 열에 떠 있어요

— 어머니,
젖을 한방울 떨어뜨려주셔요
전 지금 바작바작 입술이 타고 있어요

— 어머니,
꼬옥 품에 좀 안아주셔요
전 지금 꽁꽁 얼어붙고 있어요

— 어머니,
살짝이라도 입술을 대어주셔요
전 지금 살살 눈이 감기고 있어요

— 그런데 어머니,
당신은 어느 먼 곳에 계시기에

제 부름을 듣지 못하시나요?

징글벨 징글벨……
거리에는 올나이트 하는 까바레의 네온사인이
강상유선(江上遊船)의 불빛처럼 흐르는데
찢어진 포장지가 칼바람에 쓸리는
미도파 앞 빙판 같은 포도 위에
거적 덮인 고아의 주검이여!

# 이웃

면목동쯤에서 술을 마실 때
나는 불현듯
잊었던 이웃을 되살린다
김치 사발과 젓가락을 가져다 놓는
주모의 거친 손등에서
그리고 옆자리의 허름한
인부들의 고춧가루 묻은 입술에서
한길에서 자동차만 지나가면 금시
탁자에 풀풀 먼지가 쌓이는
변두리의 허술한 대폿집에서
잃었던 나를 되찾는다
그래서 나도 그들처럼
막소주를 한잔 들이켜고
카아 ──
손가락으로 김치 한조박을 집어든다
좀 서툴고 서먹하지만
곧 익숙해지리라 여기면서
손등으로 입술을 닦아도 본다

# SEVEN DAYS IN A WEEK

'Seven days in a week'

중학영어 교재의 어느 한 구절이 아니올시다
요일 따라 하나씩 색색으로 갈아입게 된
딜럭스 숙녀용 일주일분 팬티의 상품명이올시다
나의 아내가 애독하는 생리위생 독본이올시다
줄줄 대하가 흐르는 여자가
아래를 몹시 소중히 여기면서 마구 굴리는 그 여자가
유일무이한 도서목록으로 잡은 처세 독본이올시다

(저녁 외출이 잦은 그녀는
성당의 앙젤뤼스가 은은히 들려오면
뒷물을 하고
로꼬꼬풍 디자인의 곽에서 색팬티를 하나 꺼냅니다
토실한 아래의 유연한 선이 그대로 살아난 팬티
그 한옆 위쪽에는 '순결'이라는 꽃이 수놓여 있습니다
그러나 그녀가 돌아올 때는 꽃잎은 다 시들어져 있고
다시 뒷물을 해야 합니다)

'Seven days in a week'

  딜럭스 숙녀용 일주일분 팬티의 상품명만이 아니올시다
  나의 여자가 애독하는 생리위생 독본만이 아니올시다
  그 여자가 교제하는 모든 훌륭한 인사들의 처세 독본이
올시다
  매일이 다르고, 매시가 다르며
  갑에게 다르고, 을에게 다르며
  그때그때 희비애락을 적절히 연기하게 하는
  아주 편리하고 완벽한 연기 지침서올시다

  (요즘 시정에서는 이 책이 장기 베스트셀러로
  사람마다 호주머니에 넣고 다니며 읽는다고 합니다
  그래서 나도 남들에게 뒤질세라 사서 읽어는 보았습니
다만
  너무 어려워 그만 책장을 덮어버리고 말았습니다
  그래도 한번은 꼭 통독해야 한다기에

의무감 같은 것으로 다시 책장을 들척거리기는 하지만
아직 나에게는 어렵기만 합니다)

# 가을 농가

때깔은
알면서도

빛깔은 모르고
살아온 백성

초가삼간
흙담 아래

철 따라 몇점
화초가 필 뿐

집안은 늘상
무미(無味)했다

하나
가을이면

오랜 전날
양주의 혼일(婚日)처럼

흥청거리는 뜨락
부산한 타작마당

지붕 가득
고추가 붉다

# 물빛 조반

아침 눈뜨자 반가운
아직 오늘의 일상에 젖지 않은 나
간밤의 성감이 말끔히 가신 아내
어제처럼 뜨락에서는
먼저 잠깬 병아리떼 쫑알댄다

쾌청한 아침, 쾌적한 한때
지붕 너머 지붕, 그 뒤의 지붕들
그 아래 아내는 물빛 조반을 짓고
나는 여름 꽃꽂이처럼 싱그럽다

가까운 교외의 오전 나들이
한산 백세저(白細苧), 생머리, 소안(素顔)의 아내가
치마 끝 마무리고 풀판에 앉으면
파이는 호수, 하늘과 풀빛의 깊음
그 안속에 내가 안긴다

제2부

—

내 마음의 솔밭

# 내 마음의 솔밭

시골에 살면서
요즈음 나의 바람은
넓도 좁도 않은 솔밭을
내 마음밭에 키우고 싶음뿐

키가 크지 않으나
대충 가지런하고
적당히 굽고 휘어서
오히려 멋스러운
비산비야 아무 데서나 마주치는
재래종 소나무떼

등이 굽어가는 늙은 아내의
쪼그라든 불두덩을 덮은
좀은 엉성해진 거웃처럼
빽빽지도 성글지도 않은 솔밭을
내 마음밭에 가꾸고 싶음뿐이로세

# 삶의 그림
민중미술의 젊은 화가들


구레나룻이 더부룩한

화가 황재형이 좋다

종씨라서가 아니라

홀연히 서울을 버리고 황지로 내려가

몸소 막장의 채탄부 노릇 하며

걸레같이 남루한 작업복 속의 딴딴한 육체를

탱탱한 힘줄들로 엮어내는 그여서


얼굴이 창백한

화가 민정기가 좋다

동문 후배라서가 아니라

대학 전임에 급급하지 않고

탄탄한 데생력으로 학원 강사로 나가며

암퇘지의 다산이나 연인의 유행가 같은 포옹 따위

짐짓 서툴고 유치한 이발소그림을 고집하는 그여서


콧수염을 단정히 기른

화가 전준엽이 좋다

내가 주례를 섰대서가 아니라
간판그림 그려서라도 생활을 해야 한다며
외도의 잡지 일을 하면서
때로는 능청맞게 때로는 송곳같이
오늘의 문화풍속도를 꼬집는 그여서

혀짧은 소리 하는
화가 이청운이 좋다
나를 따라서가 아니라
생일도 이름도 모르는 고아로 자라
청운이란 이름 스스로 붙이고 서울 올라와
남달리 후미진 구석을 볼 줄 알고
가파른 삶의 고갯길을 힘차게 내닫는 그여서

등에 혹을 단 손상기
까치둥지 머리의 박흥순 등등
이들이 모두 좋다
군살 없이 젊고 생각이 바로 박혀

그들에게는 삶이 곧 그림이고
그림이 곧 삶인 까닭이다

# 꽃밭에 물을 주며

아침 눈뜨자
꽃밭에 물을 준다
어린 들꽃에 사랑을 쏟는다
메말라가는 내 마음에
눈물을 뿌리듯이

가지가지 들꽃 세상
밝은 동자꽃에서 손자를 본다
푸른 패랭이꽃에서 손녀를 본다
새초롬한 초롱꽃에서 아내를 본다
하늘대는 나리꽃에서 여읜 부모를 본다
무리 진 도라지꽃에서 먼 조상을 본다

하염없이 흐르는 눈물
꽃밭에 물을 주는지
들꽃에 눈물을 뿌리는지
도무지 분간이 안 간다

# 다시 사월에

도도한 물결이었다
성난 파도였다
거센 바람이었다
몰아치는 회오리였다
치솟는 불길이었다
휩쓰는 불바다였다

천구백육십년 사월 십구일
어둠과 눌림과 칼날에 맞서 터뜨린
그날의 함성은

하지만 그날에 나는 부끄러웠다
인왕산의 철쭉보다 붉은 선혈 아낌없이 뿌리며
아직 풋풋한 젊음들이 떨어질 때
그 아깝고 아리따운 산화들을 챙기던
흰 가운들이 또한 피꽃 피우며 떨어질 때
건너편 중학동 천변 골목에 숨어
주먹만 불끈 쥐고 발구르던 나는

부끄러워 울었다
산야에 철쭉꽃 널브러지는 사월
해마다 사월의 그날이 오면
나는 부끄러워 울었다

칠흑에 묻혔던 빛 터지고
가위눌렸던 숨통 티어
서슬 푸르던 쇠붙이 풀무 속에서 녹는 새 시대
올해도 나는 부끄럽다
숱한 젊음과 믿음과 진실들이
어둠을 몰아내기 위해, 눌림을 벗어던지기 위해
그리고 칼날을 빼앗아 팽개치기 위해
잡혀가고 매맞고 처박혔을 때
붓 꺾고 바둑 두고 술만 마신 나는
부끄러워 울고 싶다

더이상 부끄럽지 말자
사월의 그날을 떳떳이 맞자

너와 나

우리 모두

# 푸른 산

비 온 다음날 아침
먼산이 다가오듯 그렇게
시원한 일 좀 있었으면

앞뒤, 위아래, 양옆
사방이 꽉 막힌 세상
숨막히는 나날에서

거리 벗어나 들 지나
내 건너 언덕 넘어
푸른 산으로 가자

풀섶에선 곤충, 관목 사이론 다람쥐
나뭇가지 위론 새 오가는
푸른 산에 안기리

비 온 다음날 아침
먼산이 다가오듯 그렇게

시원한 일 좀 있었으면

# 매립지에서

버려라, 내게
더러운 것 모조리
쓰레기며 연탄재
휴지며 검불이며 피걸레
잡동사니, 오물딱지 잔뜩 버려라
나 다 받아주마, 다 받아주마

썩혀라, 내게서
폭염 찌다 궂은비 내려
음습한 계집의 사채기 같은 악취 풍겨
쉬파리들, 구더기떼
악머구리 끓듯 하거라
나 다 감수하마, 다 감수하마

하지만 이 누리 다스리는 참분
따로 있어 철 따라
줄기찬 비, 풍성한 눈
따가운 햇볕, 싱싱한 바람 내리리니

풀무, 망치, 담금질이 쇠를 단련하듯
나를 다질 것이다

그리하여 오욕의 세월
속으로 다지고 다져
영일의 새날 맞는 날
활짝 모두에게 문 열어
눌리는 자와 누르는 자로 갈리지 않게 하리라

# 난지도에서

곰팡이가 끼도록 음습해진 정신에는
막힘없는 바람과 고른 햇빛이 더없이 좋은 약
소풍하려면 난지도로 가자
악취 물씬하고 파리떼 어수선한
마포 밖 샛강의 난지도로 차라리 가자

덕지덕지 누더기 된 내게 꼭 어울리는 그곳
오만 잡동사니 비록 허섭스레기 더미지만
속 깊이 난지(蘭芝)를 기르고 있는 섬
겉보기에 상거지 넝마주이일망정
세상 사는 자세야 바르고 마음 깨끗한
정직한 사람들이 모인 건강한 삶의 터전

잠실이며 구의동이며 장안평이며 매립지 따라
밑바닥을 훑으며 흘러온 사람이어도
그들은 쓰레기 골라 새 땅을 여는 일꾼들이거니
뜨겁게 그들의 손을 잡고 싶다
하지만 희고 가는 나의 손이 부끄럽구나

서울 마포구 상암동 샛강의 난지도는
평양 유동 대동강의 양각도와 비슷
월남민의 가본적이 서울로 되듯이
난지도는 이제 새로운 고향이 되었다
무릇 사람들은 제 고장에 안기게 마련이어서
나 또한 난지도에 살고파라

그런데 언제 나는 거기에 살기 부끄럽지 않을 건가
어느 먼 훗날일까, 무덤 파는 날까지일까
내명년이면 난지도에 집이 서고 주민이 든다는데
사람들은 다시 매립지를 찾아 떠나고
나는 계속 떠돌아야 하는 떠돌이
슬픈 실향민이여

# 진눈깨비

어지러운 하늘
질척이는 거리
진딧물처럼 들러붙는 진눈깨비에
행인들은 외투 속으로 몸을 움츠리는데
여기 바람받이 육교 위
겉늙은 고무바킹 장수가
좌판을 거둘 줄 모른다
보통 사람의 하룻저녁 술값도 안될
장사랄 수 없는 거지만
숱한 식솔들의 목줄 달린 생명줄이니
멀쩡하게 해가 있는 한
날씨 궂다고 자리를 털 수 없는 것이다
장작개비래도 시원치 않으련만
쪼개고 쪼개 이쑤시개처럼 살아야 하는
아니, 연명해야 하는 그는
허기 메울 틀국수 한다발과
불 꺼뜨리지 않을 구공탄 한덩이가
오늘 절실하고 긴요하므로

멀쩡하게 해가 있는 한
날씨 궂다고 자리를 털 수 없는 것이다
얼굴 때리며 진딧물처럼 들러붙어
눈, 코, 입, 목덜미까지 파고드는 진눈깨비에
자신의 처지를 똑똑히 확인하며
벌겋게 얼굴이 달아오른 채
무심한 행인의 발길이 튀기는 흙물을 맞으며
겉늙은 고무바킹 장수가
물바다 된 좌판을 지킨다

# 대장균도 벗하면

깨끗하게 꾸몄다는
입식 부엌의 행주에도
대장균이 백만마리가 있다는데
질척이는 시장바닥
먼지 이는 학교 앞 노점의 개숫물에는 또
대장균이 몇백만마리나 우글거릴까
우리 집사람과 딸애
그리고 내가 즐겨 사먹는
순대, 잡채며 해삼, 멍게며 냉차
거기에는 도대체
얼마나 많은 대장균이
들끓고 있었을까, 끌탕하고 있을까
하지만 우리네는
가벼운 설사나 배앓이는 해도
쥐어뜯는 복통 토사곽란은 겪지 않았다
그건 대장균이란 놈이 뭐 인정머리가 있어
봐주어서 그런 게 아니라
우리가 그것들을 무서워하지 않고 대하기 때문인데

평창동 같은 풍치지구의 주민과 달리
구질구질한 마포 굴다리 옆에 사는 처지로 해
푼수를 알아 지저분한 걸 가리지 않아서다
이를테면 대장균도 대하면 맞설 수 있고
벗하면 친할 수도 있다는 역설이 통한달까
하여튼 푼수대로 살 일이다

# 서울의 봄

얼음과 바람뿐인 지난 밤들
살이 에이고 뼛속까지 저리던 추위의
그 깊고 긴 고통의 심연을 헤쳐나와
새해 새 아침 밝고 맑은 날에
우리들 새 희망, 새 기대에 찼다

얼음 밑에서 물 흐르는 소리
바람 속에서 움트는 소리
한데 어울려 노래를 이루고
산수유, 개나리, 진달래, 철쭉 차례로
피어 널브러져 꽃바다를 이루어라

장님 눈뜨고 귀머거리 귀청 틔어
벙어리 말문 열리면
짙은 멍 풀리고 깊은 상처 아물며
가위눌렸던 숨통들이 터져
기지개 켜는 세상, 오랜만의 심호흡
사람들은 가슴을 활짝 펴리라

텅 비었던 교정에 발길 오가고
먼지 앉았던 의자에 주인 찾아와 다시 앉아
마른 잎 쌓였던 벤치에선 대화가 꽃피고
떨어져 있던 강단과 책상 사이엔 담론이 살아나
캠퍼스는 제 모습을 찾으리라

그런데 어인 시샘, 꽃샘바람 찬비라니
한 송이 꽃을 피우기 위해서는
스산한 꽃샘바람이 불어야만 하는가
먹구름 끼고 천둥 울어
때아닌 찬비를 뿌려야만 하는가

서울의 봄은 오고 있는 걸까
이제야 오려고 채비를 차리는 걸까
오다 미심쩍어 머뭇거리는 걸까
변덕스럽게 오다 뒤돌아서는 걸까
우리들은 불안에 휩싸인다

서울의 봄이여
하나둘 풀려가는 듯한 서울의 봄이여
앞을 가로막는 바리케이드
버티고 선 탱크가 있느냐
눈을 부라리는 역귀가 있느냐
어찌해 움츠러들려 하는가

모처럼 찾은 서울의 봄을
짧았던 프라하의 봄처럼 헛되이
피우지 못하고 지울 수는 없다
더이상 움츠러들지 말고
꽃샘바람 찬비 견디어 끝내
서울의 봄을 꽃피우자

얼음과 바람뿐인 지난 밤들
살이 에이고 뼛속까지 저리던 추위의
그 깊고 긴 고통의 심연을 헤쳐나와

새해 새 아침 밝고 맑은 날에
우리들 새 희망, 새 기대에 찼다

# 간밤의 꿈

가뭄 중에 빗줄기를 만나듯
칠흑 중에 불빛을 찾듯
그렇게 반가운 소식에
간밤에는 잠을 설쳤는데
안양이 보이더니만
멀리 전주가 눈에 들어오더니
높다란 붉은 벽돌담에 자그맣게 난
녹슨 옥문이 삐걱 열리며
그리웠던 이들이 꿋꿋이 걸어나왔다
수척하나 해맑은 얼굴 하나
내 어깨의 비듬을 털어주며
외려 울먹이는 나를 위로했다
모두가 얼싸안고서
헹가래 치고 무동 태우고
뿌듯해지는 목젖으로
우리 승리하리라 노래 부르며
거리를 메울 때에
오랜만의 새벽다운 새벽

신새벽 공기가 차고 맑다

# 해장국집에서

거리와 골목이
얼어붙는다

낡은 입간판이 덜그럭대는
썰렁한 해장국집 안

후루룩후루룩 더운 국물 마시며
언 몸을 녹이는 젊은이

뒤쫓아 들어온 눈매 사나운 사내가
젊은이를 데리고 나간다

탁자 위 해장국이 식어
허옇게 기름기가 엉긴다

빈 의자에
아직 남은 온기

골목에 어둠이 깔리고
거리에는 바람이 분다

날리는 휴지
삐라가 뒹군다

불온한 밤

# 어려오는 얼굴
조민기 가던 날


우리는 뿌리파다
승리하리라 노래 부르며
너를 떠나보내면서
사람들은 따라가고 있었다
해토(解土)의 구실을 하려던 너를
언 땅을 파고 눕히면서
뜨거운 심장들은 달아올랐다
후드득후드득 한삽씩
석회 섞인 흙을 뿌리고
평토를 밟으면서는
굳은 결의가 다지고 다져졌다
생흙 봉분 위에
백화 한송이씩 놓고 돌아서
털어넣는 찬 소주 한잔은
삼키는 폭탄이었다
반짝이는 눈을 들어 보는 저기
빈 하늘 빈 가지
거기 웃으며 어려오는 너의 얼굴

아, 자유의 모습이여

# 실한 낟알
쌀장수 김민기

나병식이 마늘장사 하고
원혜영이 채소장사 하더니
김민기가 쌀장사에 나섰다
선후배 친구들
잃어버린 입맛 찾으라고
경기 이천미를 구해다 나눠준다
백낙청, 김윤수, 신경림
김종철, 이시영, 하종오도
광주의 송기숙까지 한몫 낀다

옆에서 보기에도 아름다운 정경
그런데 거기 끼어들지 못하는 나는
숫기가 없어서인가
가슴이 새가슴이어서인가
키 큰 만큼 무던한 병식이 날 나무라고
말라서 꼿꼿한 혜영이 내게 섭섭하다는 것 같지만
내심 나는 민기를 응원하고 있다
아침이슬처럼 영롱한 그날이 오기까지

기왕 나선 쌀장사 한번 멋지게 하라고
지금은 쭉정이처럼 키 밖으로 몰려난 신세지만
기실 실한 낟알인 것을
경기 이천미인 것을
쌀장사 한번 본때 있게 하라고

더이상 우린 썩은 웅덩이의 죽어가는 금붕어가 아니요
묘지를 물들이는 창백한 달빛이 아니다
우리는 계류를 뛰어오르는 물고기요
산정에서 터지는 아침 햇살이다
우리 친구 쌀장수 김민기
영롱한 아침이슬 잔뜩 구두에 묻히고서
그가 걸어오고 있다

## 세밑

돼지머리가 웃고 있었다
세밑 뜻 맞는 사람들끼리 모인
조촐한 자리를 내려다보면서
마음 좋아 보이는 돼지머리가
입이 찢어지게 웃고 있었다
탁배기 사발이 몇순배 돌고
흥겨워진 자리
사람들은 저마다
목청을 뽑아 노래를 불렀다
우리를 다시 엮는 노래를

모두들 가슴을 열고 돌아가는 길
중천의 보름달이 사슬에서 갓 풀린
학생의 얼굴처럼 환한데
얼어붙은 시장거리를 가로질러
쥐새끼 한마리 내닫자
돼지머리가 찡그리고 있었다
무턱대고 마음 좋기만 하지 않은

돼지머리가 무섭게 눈을 뜨고
쏘아보고 있었다, 한곳을

# 고향 사람

시장거리
땅바닥이 꽁꽁 얼어붙고
낡은 양철 간판이 삭풍에 떠는 세밑에
어수선하나 훈훈한
충남집에서 만난 고향 사람
거죽은 남루해도 눈빛이 빛나던
초로의 날품팔이꾼
털이 숭숭한 돼지껍질 오십원어치에
찬 소주 한고뿌 놓고
수척한 몸을 덥힌다
"막일하는 사람들은 이걸 먹어야 힘을 쓰디요
댁도 자주 먹어보시라우요
비싼 쇠고기보다 낫습네다"
돼지껍질을 시켜놓고도
설컹하고 꼬돌꼬돌해 삼키지 못하는
나의 사치한 식성을 부드럽게 타이른다
"댁도 피양이라니까 말입네다만
여기도 좋디만 고향은 더 좋았디요

안 그렇습네까, 젊은 댁네"
오랜만에 고향 사람을 만나
두고 온 고향이 새삼 생각나서
인지상정의 고향 자랑이다
핏줄 하나 없이 홀몸으로
이런 집에서 만나는 자신 같은 사람들을 의지하고
언젠가는 만나볼 고향의 처자를 희망 삼아
돼지껍질 반접시에 소주 한고뿌를 호강으로 여기며
질기게 기다리며 살아가는
고향 사람 초로의 날품팔이꾼
살아 있으면 내 작은삼촌 나이뻘 되는
삼촌 같은 고향 사람

# 기다림

있으려다 있으려다
아무것도 없었으면서
엄청난 일만 있었던
재작년, 작년
금년은 어떨까
역시 진달래는 피고
목젖이 찢어지던 함성
살을 헤집는 총알에 맞서던
피는 살아 뛰는데
늙은이도 젊은이도
여자도 나 같은 양아치도
관자놀이에 힘줄이 서는데
실로 아무것도 없으면서
엄청난 일만 있을 건가
다시 사월에

# 미친 짓거리

── 꽥, 꽥
죽어라, 죽어!
꽤액, 꽤액
개새끼, 죽일 놈들!

한여름 한낮의 한길에서
난데없이 악쓰는 소리, 비명 지르는 소리
전자오락실 앞에서 사람들이
땅굴 파는 두더지 때려잡기에 열이 올랐다

가방 든 재수생도 노트 낀 대학생도
넥타이 맨 청년도 핸드백 멘 아가씨도
모두들 방망이를 쳐들어 내리친다
헉헉 숨이 목에 차고 줄줄 땀으로 목욕하면서
신들린 듯 정신없이

그럴수록 지지 않으려
눈이 튀어나온 두더지들은 기쓰며

조금도 수그러들지 않고
곳곳에서 고개를 빳빳이 든다

막상막하의 이 숨바꼭질
이건 양쪽이 다
야릇한 쾌감을 즐기는 도착증 환자의
미친 짓거리다

── 이노옴······
쾌애액······
이노오옴······
쾌애애액······

급기야는 헐레벌떡 지쳐 자빠져
게임은 끝
구멍마다 두더지가 숨고
방망이는 내던져졌다

전자오락실 안에서는 계속 귀 따갑게
갤러그 폭격기가 솟구치고 내리꽂힌다

# 저문 날의 만가

뻐드렁 덧니의 여자를
목쉰 사내가 그린다
갠 날에는 자잘한 물살로
흐린 날에는 설레는 바람으로
간단없는 그리움

조용히 흐르는 강물이
잠시 다릿목에서 여울지고는
유속을 되찾아 평온하듯이
늙은이의 사랑이야 모름지기
조심스레 다독여서
속 깊이 감추어야 순리거늘

다 지난 일을 갖고 어쩌자고
끈끈하게 들러붙어 기생하려는
미련은 치사하다
더구나 주체할 수 없는 정은
추악한 욕정에 다름 아니다

하루를 아름답게 마감하느라
물살마다 금빛 비늘 돋치며
노을이 찬란한데
저무는 강가에서 노인은
추해서 죽고 싶구나

# 마술사의 새

겨우내 고아처럼 울어대던 교외의
전선줄이 휘도록 날아와 앉은 제비떼가
재잘대며 전당대회라도 여는 날이면
무슨 좋은 의결쯤 있을 법한데

로마의 소나무처럼 맵시는 없어도
쌀집 아저씨처럼 꾸부정한
소나무들이 뜨문한 산변지
진관외동 내 주소에 새들이 찾아들고
난데없는 호외가 한장 날아와 앉았다

붙잡으려 해도 손가락 사이로 자꾸만
빠져 달아나기만 하던 아내가
간편한 왕복엽서처럼 돌아온 것이다
소인 같은 지문을 잔뜩 묻히고서
불온 삐라같이 아주 불안하게

하지만 얼마나 나는 너를 생각했던가

아니 연연히 너를 그렸던가
하얀 보자기 속에서 신기하게도
무수히 새를 날려보내던
기찬 기술의 마술사인 너를

이제 너를 이해하겠다
그리고 너에 대한 사랑은 더해간다
너에게서 배울 것이 많다
기술을 전수받으리라
너의 동업자가 되고자 한다

너는 하얀 보자기를 벗겨라
나는 날아가는 새를 거두리라

# 방풍방조림

나의 여자는
바닷가 마을의 방풍방조림

보띠첼리의 여체를 닮은
쭉 뺀 몸매에
늘 푸른 송림 사이로는
모짜르뜨의 주명곡 같은 미풍이
바다로부터 진주해오고
마을 건너 고압선 넘어간 영 위로는
도회의 역하고 독한 가스가
패잔병처럼 도주해온다

바다로부터는 삶을 도회로
도회로부터는 죽음을 바다로
불어넣고 토해내는
나의 여자의 건강한 폐
그 커다란 폐활량이여

나의 여자의 중심에서
나는 자꾸만 뿌듯해진다

# 저녁의 불청객

──생각난다
이 오솔길

세살 난 딸 서정이가
은희의 「꽃반지」를 노래한다
신경통으로 고생하는 아빠 곁에서
오빠는 열심히 안마하고
엄마는 꼼꼼히 가계부를 적는데

──뚜르르르
뚜르르르

능청맞게 딸아이가
허밍을 멋들어지게 넘긴다
난데없는 라디오의 중대성명 발표 예고
무례한 불청객에
모두가 얼굴을 찌푸린다

─ 가슴 아픈 추억
뚜르르르 뚜르르르

딸아이가 아랑곳하지 않고
노래를 계속한다
오빠도 엄마도 따라 하고
음치 아빠도 어느덧
따라 부른다

# 마이너리그

김종삼 시인

'종삼'의 분위기를 풍기며
삼류를 자처했던
마이너리그 소속
김종삼 시인

그는 모리스 라벨을 좋아했다
그리고 무척 시행(詩行)을 아꼈다

뒷주머니에 비죽 거죽을 내민 월급봉투를
무슨 비밀이라도 들킨 양 황망히 쑤셔넣으며
곶감 빼어먹듯 지폐를 뽑아 썼다
급기야는 씨를 말렸다
그러고는 돈을 꾸러 다녔다

낡은 베레모 앞으로 눌러 대머리를 감추고
여윈 양손 바지 호주머니에 찌르고서
성병 걸린 사람처럼 어기적어기적 걷던
안짱다리 사내

툭하면 '쌍놈의 새끼'를 연발했던
못 말릴 선배

그는 시에 있어서 지독한 구두쇠였다
일상에서는 밉지 않은 무뢰한이었다
정신적으로는 고독한 배가본드였다
삶의 철저한 리버럴리스트였다

# 흑회색의 그림

아들의 책상 위에 크레파스곽이 열려 있습니다. 12색의 크레파스가 줄 간 티셔츠 차림의 수부들처럼 가지런히 나를 아주 매혹했습니다.

갑자기 나는 그림을 그리고 싶어졌습니다. 눈부신 블론드의 태양, 우윳빛 풍만한 누드의 구름, 비늘 돋친 초원의 바다, 강렬한 원색의 꽃, 현란한 아라베스끄 문양의 실내, 이런 것들을 그리고 싶었습니다. 내 딴은 경쾌 유려한 앙리 마띠스의 화풍으로 말입니다.

그런데 웬일입니까. 정작 내가 그려놓은 것은 곰팡이가 슨 바닥, 빈대똥이 긴 벽, 거미줄이 쳐진 천장, 철살이 박힌 통구, 회색 일조의 실내, 이런 따위였습니다. 그것도 베르나르 뷔페*의 신경질적이고 음울한 선들의 중첩이었습니다.

이젠 12색의 크레파스가 줄 간 수의 차림의 죄인처럼 무섭게만 보였습니다. 나는 크레파스곽을 꽉 닫아버렸습니다.

그때 등 뒤에서 아들애의 목소리가 들려왔습니다.

"아버진 흑회색만 먹고 사는 짐승인가봐."

나는 죄지은 사람처럼 당황하여 어쩔 줄 몰라 했습니다.

* 프랑스의 화가로 삐까소와 필적한데 더 대중적이다. 날카로운 흑
선들의 중첩으로 현대인의 불안과 항거를 보여준다.

# 산동네
화가 이청운에게

가파른 산동네가 온통
시멘트로 처발리고 매닥질했다
빗물이 잘 빠져
허섭스레기가 쓸려나가지만
주민들의 맺힌 체증은
뚫려 내려가지 않는다
미로 같은 골목길 따라
납작 엎드린 집들
굳어가는 간이 부드러워지지 않는다
비죽비죽 솟은 양철 굴뚝들이
널린 티브이 안테나와 뒤엉켜
어수선하고 스산하다
산동네에서는 여태
눈비 오는 날은 공치는 날
화투라도 치며 묵은 김치 씻어
찌개를 끓이고 금복주를 딴다

제3부

—

흰 저고리 검정 치마

# 아름다운 노인

드문드문 검버섯 피어 있어
얼굴이 더욱 맑고
연륜과 기품이 엿보이는
아름다운 노인
벽오동이나 은백양
또는 자작나무를 닮은
향기 나는 사람 되고저

# 노인장대를 보며

화초라기엔 몸집이 너무 크지만
늦가을에는 어김없이 사그라드는 걸 보면
꽃나무가 아닌 게 분명한데
마디풀과 일년초 털여뀌, 속칭 노인장대
헌칠한 키에 가지마저 무성해
조이삭 같은 붉은 꽃들을 풍성하게 달았다
슬하에 손 많이 둔 다복한 가장이나
튼실한 시 숱하게 생산한 관록의 노시인 같은
풍신 좋은 노인장대 앞에서
초라한 나는 한낱 부끄러운 노인일 따름
직무를 유기한 죄는 석고대죄해도 모자란다

늦여름 예기치 못했던 폭우로 노인장대는
일찍 쓰러지고 말았으나
그 종말은 거인다웠다

# 먹의 신비

곰곰이 되돌아보면 평생을
무엇 하나 반듯하고 온전한 적이 없었다
먹은 단순한 검정이 아니라 천의 색깔을
속안 깊이 머금고 있음을 미처 알지 못했다
고희가 가까워서야 겨우 깨닫게 되는 것 같다
놀랍게도 먹에서 어슴푸레
푸른 기가 조금 보이기 시작한다
헛살았다, 짧지 않은 세월을
진정 사랑을 얻지 못했고
시랍시고 예지에 찬 명편 하나 거두지 못했고
돈 한번 제대로 써보지 못했고
덕행이야 눈씻고 찾아볼 수 없었을 뿐 아니라
넓은 공부도, 깊은 궁리도, 깐깐한 연찬도 없었으니
어찌 오묘한 먹의 색깔을 알았으리오
먹은 그저 까만색으로만 보였지
그러나 다행히, 실로 다행히
먹의 색깔이 보이기 시작하는 이제
자책만 하고 앉아 있을 일이 아니다

검은 석탄 뒤집어썼으나 눈빛 영롱한 광부
견자(見者)*의 시인으로서
먹의 속 깊은 곳까지 천착, 꿰뚫어봐야 한다
하지만 아직 멀고도 먼 도정
천의 기미를 가려내어 먹의 신비를 밝히기는

* 프랑스의 근대 상징파 시인 아르뛰르 랭보의 시정신의 중요한 특
  질로 예견자적 견성을 꼽는다.

# 한일(閒日)

고층아파트 로열층은 과분하다
주상복합 타워팰리스는 불가하다
빌라도 맨션도 필요없다
로꼬꼬풍 철제 펜스는 사치다
검은 현무암 낮은 돌담 너머
녹색 카펫처럼 널린 보리밭 저편
하얀 이 드러내는 푸른 바다가 보이는
나의 유배, 위리안치(圍籬安置)*
탱자나무 가시울타리 속
한칸 모옥이면 족하다
깨끗한 수선화 한포기라도 있어
벗하여 향기를 어여삐 여기며
내 수치를 싸고 부끄럼을 참으리
어쩌다 멍멍이가 인기척을 알리면
아, 살아 있음을 고마워하리
검은 구름 걷히고 설레는 바람 자
맑은 하늘 보이는 날 가려
조랑말 몰고 휘파람 불면서

웃음이 앳된 난쟁이가 찾아오면
나 기꺼이 그를 따르리

* 옛날 정배에는 경중에 따라 네가지가 있었는데, 위리안치는 그중
  에서 가장 무거운 것. 죄인을 배소에서 달아나지 못하도록 가시로
  울타리를 쳐 가두었다.

# 참회

젊어서 사랑의 배신에 몸부림치며 손목의 동맥을 끊었었다

한창때는 노름에 미쳐 알토란 같은 돈을 상당수 날렸었다

일찍부터 시는 써서 무엇하나 회의하며 뒷골목을 배회했었다

퇴직 후 집에 불이 나서 평생 모은 값진 그림들을 몽땅 태웠다

까페를 하면서는 식품위생법·농지법 위반으로 구치소에도 다녀왔다

고희를 바라보면서는 물이 들어 아끼는 책과 스크랩을 모두 버렸다

그러면서도 여태껏 도난은 당해보지 못했다

도둑은 참 용하기도 하지, 내게 훔칠 만한 값진 것이 없음을 알아차리다니

고백하건대 나는 한번도 선행을 한 적이 없다

차가운 지하철 계단에 꿇어앉아 구걸하는 걸인의 동냥그릇에

땡그랑 동전 한닢 떨구어주지 않았고

텔레비전의 불우이웃돕기 성금 ARS 전화 한차례 걸어보
지 못했다
언제나 철이 들까, 사람 구실을 할까
그렇다고 빈 하늘만 쳐다보고 있어서야, 고개를 떨구지
말아야지
수해로 망가진 텃밭에서 아직 한무리의 도라지꽃이
희고 푸른 꽃을 피우고 있지 않은가
잘려도 금세 부드럽고 여린 잎을 키우는 부추를 보아라
아직 끝나지 않았다, 시간은 남아 있다
아, 나 깨끗한 종생을 준비할 때

# 바위이끼

검은 바위에
버짐처럼 핀 청태
일견 메말라 보이나
기실 살아 있는 바위이끼

청태는 하늘에 부끄럼 없이
하늘 아래 저로서 있다
청태는 대기에 거스름 없이
대기 속에 저로서 있다

엎드린 게 아니라
낮춘 게 아니라
제 모습으로 산다
제 깜냥대로 산다

새소리를 들으며
물소리를 들으며
꽃봉오리 벙그는 소리

열매 터지는 소리 들으며


온 산이 곱게 단풍 들고
하나둘 시나브로 낙엽 질 적에
고추잠자리 한마리 날아와 앉으면
청태는 더 바랄 나위 없다


그리고 눈이 소복이 쌓이면
청태의 잠은 포근하다
이끼 낀 천근 바위에게
미풍이든 광풍이든 바람은 노래

# 오리 가족

남한강 오리 새끼들
커다란 화통을 앞세우고
야, 신난다! 칙칙폭폭 ──
기차놀이 한다

# 돌아가는 날

간밤에 잠자리에서
나 한마리 물오리 되어
무너미로 가는 길 북한강가
삼삼오오 점획으로
물살 가르는 물오리떼에 끼어
한참을 함께 섞여 놀았는데
참으로 오랜만에
하늘에서 구름이 떠돌듯이
아주 편안했다

# 내 집 뜨락의 「화조구자도(花鳥狗子圖)」

어느날 문득 발견한다, 내 집 뜨락에
이암의 「화조구자도」*가 그대로 옮겨와 있음을

시원한 여백, 트인 공간에
새, 나비, 벌 나는 복사꽃나무를 배경으로
세 마리 강아지 검둥이, 흰둥이, 누렁이가
물끄러미 앞을 바라보며 앉아 있거나
엎드려 앞발로 벌레를 잡으며 놀거나
또는 갸웃 모로 누워 곤히 잠에 떨어지거나
모습은 제각기이면서 한데 어울러서
더없이 한가롭고 푸근한데
한결같이 얼굴은 가면을 쓴 듯 귀엽고
장난기 가득한 중에 익살이 넘친다

은은히 배어나는 저 속박받지 않는 자유로움과
꾸밈이나 허세를 초탈한 저 천연스러움으로
우리네 민초들의 착한 심성뿐만 아니라
소박한 삶의 값진 진정성마저 아주

감칠맛 나게 그려놓았구나

내 집 뜰의 강아지들을 보고 있노라면
절로 입가에 엷은 웃음이 흐르는 것이
사소한 게 그저 예사롭지만은 않다
하물며 집 떠나 한참을 타지로 떠돌다가
돌아와 오랜만에 맛보는
안도감과 함께 찾아드는 편안함은
일락(逸樂)에 가깝다

* 조선 중기의 화가 이암의 그림. '소 그림'에 김식, '말 그림'에 윤두
서, '고양이 그림'에 변상벽이라면, '강아지 그림'에는 이암을 꼽
았다.

# 비 오는 날에

산중에 살면서 정붙여 식구 같던
누렁이, 흰둥이 토종개 두마리
주말에 주기로 약속한 터라
구질구질 비가 내려도 예정대로
개군면 초로의 시인 부부에게 넘겼다
외지인으로서 드물게 농사짓는 기특한 분들이라

대견하나 감당키 어렵게 잔뜩 무거워진
녀석들을 간신히 안아서 올렸지만
차 안에 짐짝처럼 쑤셔넣고 만 게
못내 마음에 걸린다
전혀 사정을 눈치채지 못하고
그저 좋아라 주인 손을 핥으려는
녀석들의 살가운 정 표시
저들의 선한 눈망울 차마 보기 민망해
외면한 채 돌아선 게 마음에 걸린다

이제 와 후회한들 무슨 소용이랴만

집사람의 성화에 못 이겨 그랬다 해도
살붙이 같던 녀석들을 산 너머로 멀리 보냈으니
인정머리 없는 여자라 아내를 탓하기 전에
줏대 없이 끌려다니는 내 처신이 못마땅하다
자꾸 내가 싫어진다

# 이청운의 개

숨가쁘게 가파른 언덕길 위
덕지덕지 시멘트로 매닥질한 산동네
어수선한 전선이 얼기설기 집들을 엮고
과분수로 쓰러질 것 같은 꽃나무 화분 옆에
볼품은 없으나 눈매가 순한
잡종개 한마리가 엉덩이 붙이고 앉았다
이청운이 그 특유의 어눌한 말투와 달리
그만의 능숙한 그림 솜씨로
청승맞게 그려놓은 산1번지
그는 환쟁이답게 절묘하게도
정신 번쩍 나는 코발트블루의 문
희망의 문 내기를 잊지 않았다

# 난곡 산동네

소방차가 올라갈 수 없는
급경사의 좁은 골목길
아직 연탄을 때고 공중화장실을 쓰며
가게에선 주로 소주, 라면만 팔린다
칠십년대식 가전사 로고가 살아 있는
과거로 사는 난곡 산동네에는
바람 부는 날이면 간판이 운다
기와가 날아가 비닐로 때운 지붕은
영락없이 붕대를 감은 환자 꼴
햇볕이 잘 들어 난초가 무성했던
이름도 고운 난곡이 시멘트로 매닥질했다
콘크리트로 아예 굳어버렸다
좀 낫게 살고자 하는 의지가
너나없이 시금치 숨 죽듯 죽어
상실감으로 차 있는 공허한 산동네
누구를 탓하랴, 스스로를 질타할밖에
그러나 궁극적으로 우리 탓 아닌가

# 낙원시장께

돼지껍질 한접시에 천원 하던
파고다공원 뒤 낙원시장 안
소문난 실비 추탕집 국밥이
옛 인심 아직 살아 있어
오백원 오른 여태 천오백원으로
해장 반주용 소주 반병도 판다
금색 견장을 늘어뜨린 모범택시 기사
멜빵에 더글러스 페어뱅크스식 콧수염을 기른 댄디 아
저씨
신사복에 값싼 중절모를 단정히 쓴 노신사
종이봉투를 옆구리에 낀 장년의 샐러리맨
간편한 운동복 차림을 한 실업 청년
간밤에 노름이나 외도로 외박을 한 사내, 저들이 여전하다
파지를 주로 다루는 재활용센터 옆
돼지머리 국밥집은 오백원이 더한 이천원 균일
허리우드극장 못미처 한길가에 납작 엎드린
감잣국집, 순댓국집, 라면집이 나란히 어깨동무했다
반갑구나, 오랜 친구여

나는 너를 잊지 않았다
너 또한 나를 잊지 않았으리

# 아낙의 힘

배안 삐뚤이이나 성정이 고운
강원도 횡성 중금리의 한 아낙이
뒤란의 잡풀을 뽑고 있다
주민들이 모두 이주한 텅 빈
수몰 예정 지역, 마을에 홀로 남아
아직 제집 제 터라고
뒤란의 잡풀을 뽑고 있다
제 불두덩의 거웃이 뽑히듯
그리 아픈 노릇을
아무 내색 없이 묵묵히

# 명창의 목

쪽찐 머리 고운 얼굴에
잔뜩 힘줄 선 목줄기
이런 상극이 어디 있으랴만
한창 휘모리로 접어든
여류 명창의 목은
처절하면서도 기막히게 아름다운
이건 비장미의 극치인 거라

# 밤손님

먼 곳에서 들려오는 천둥소리
머잖아 바람이 뛰어올 것이다
빗방울이 내 집 창을 두드리리라
일순 벽난로의 불꽃이 흔들린다
기다렸던 임이 오는가보다
더없이 푸근하고 따스한 품안
나 돌아가 잠들 깊은 꿈결
손을 위해 깨끗한 침상보를 깔자
너울너울 불꽃이 하얀 시트에 어린다
셋이었다가 둘이었다가 하나가 된다

# 억새

나는 억새를 좋아했지
풀 같지도 꽃 같지도 않아
그다지 호부(好否)가 없는 다년성 야생초여서
나는 좋아했지, 억새를
가냘픈 줄기로 끊임없이 바람에 시달리며
아슬아슬하나 꺾이지 않고 버티고 서는
항거와 응전 그리고 불굴의
억새를 높이 샀지, 나는

(내게는 억새에 대한 몇가지 추억이 있어)

일제시대 내가 어릴 적
작은 장난감 일본도를 가지고 싶어 했던 나에게는
일천황 군모 위의 장식깃털이 꼭 억새를 닮아 멋있어 보
였던
부끄러운 기억이 있네
철들어 세상 물정에 눈뜨면서
제주도 출신 화가 강요배의 그림 「동백꽃 지다」를 보면

133

서는

　4·3 민중항쟁으로 무고한 양민들이 무수히

　억새 핀 오름에서 학살당한 사실을 알게 되었던

　아픈 기억이 있네

　연이은 박·전·노 군사정권에 죄 없이 몰려

　민주화운동 학생, 청년, 인사 들이

　주린 배 움켜쥐고 억새밭에 몸을 숨기며 다녔던

　슬픈 기억이 있네

　그리고 억새의 사투리인 으악새를

　나는 새로 잘못 알고 한동안

　── 으악새 슬피 우는 가을인가요

　낯 뜨거운 줄도 모르고 「짝사랑」을 청승맞게 불러댔던

　웃기는 기억이 있네

　또 영화 「서편제」에서 아비, 제자가 딸과 이별하는 대목
에서

　억새가 흔들리는 들판을 원경으로

　햇살 부서지는 삼거리 황톳길에서 덩더꿍 장구 치며

　덩실덩실 어깨춤 추던, 장단에 추임새 넣던

즐거운 기억이 있네

나는 억새를 좋아했지
풀 같지도 꽃 같지도 않아
그다지 호부가 없는 다년생 야생초여서
나는 좋아했지, 억새를
가냘픈 줄기로 끊임없이 바람에 시달리며
아슬아슬하나 꺾이지 않고 버티고 서는
항거와 응전 그리고 불굴의
억새를 높이 샀지, 나는

# 두물머리에서


겸재의 「족잣여울」*보다야 못하지만
북한강 남한강 두 물 합치며 묘를 이룬
한폭 청록설채화, 두물머리에 서면
끝내 서울은 가본적으로 남고
본향은 역시 평양, 그리움으로 살아난다

이름처럼 수양버들 하늘하늘 춤추는
내 고향 평양시 유동 대동강가
할머니도 어머니도 이모도 고모도
버들처럼 맵시 났다, 기생처럼 고왔다
고대 위 고래등 같은 요릿집 아래
물은 돌담 배 가유이 떠도는
옥구불굴 ⑧ 두머리 징식한 기생배에선
풍악소리가 끊겼다 이어졌다
매생이 타고 맞은편 양각도로 건너가
형들의 고추 굵기만 한 희멀건 메를 캐고
멀리 선교리에 불이 들어올 때까지
샛강에서 조개를 잡느라 정신없었다

대동강가 고향 그리워 양평에 살며

아침에는 북한강 물안개에 할머니 뵙고

저녁에는 남한강 잔물결에 삼촌들 만나고

사방이 시원히 트인 두물머리에 서서

북한강 남한강 두 물 합쳐 한강을 이루듯

남북이 하나 되어 고향길 열리길 비네

* '진경산수'를 이룩한 겸재 정선의 작품 「족잣여울」은 한강 상·하
  류의 명승을 담은 『경교명승첩』 중의 하나. 족자섬을 중심으로 한
  두물머리 근방이 소재의 대상이다.

# 망향의 편지

혹여 살아 계시다면 배곯으시고
돌아가셨대도 넋마저 편치 않으실
납북되어 간 두분 삼촌
짐 챙기러 삼팔선 넘으셨다가 발묶인
할머니께서야 워낙 강파른 옛분이니
그쯤은 예사로이 견뎌냈을 일이지만
그곳에 남은 외삼촌, 외할머니도
별반 다르지 않을 테고

오십년이 넘게 지난 오늘에
조금도 빛바래지 않은 고향 풍경은
내게 시긴 신 어니의 보낵
평양 친가 유동 기생만치나 미색인
수양버들 아래 매생이가 떠 있는 대동강가여
외가인 탄광촌 사동은 강돌마저 검어
맑은 물빛이 더욱 푸르렀다오

아버지의 어머니이신 나의 할머니!

고향 갈 날이 너무 막연해
제이의 고향으로 삼은 무너미 북한강 건너
마석땅에 당신의 아들 며느리를 눕혔습니다
망향하시라고 남으로 머리 두고 북을 향하게 해
머잖아 이 손자도 부모를 따라
논산 오강리 여자 손자며느리와 함께
그 아래 육신을 뉘겠습니다

# 노방에서


사월에 노란 애기똥풀이 유아의 살보다 여리고
오월에 자색 엉겅퀴가 여인의 눈화장보다 짙더니
유월에 골안개 사라지듯 이것들 보이지 않고
본새 없이 무성한 개망초만 노방에 희뿌옇다
한길 위 차에 깔려 밸 터져 너부러진
애꿎은 뱀의 횡사를 애도하고 있는 것이다


다 같이 유월에 있었던 잊지 못할
6·25 사변에 남북되어 간 두 삼촌
6월 민주항쟁에 피 흘리던 젊은 학생들
6·15 남북공동선언 때 굳게 손잡던 두 정상
그립고 아쉽고 설레던 기억들이 뒤란으로 사라지는 듯
하여
　이른 장마로 뒷산에 갇힌 멧비둘기 구구구구 힘없이 울고
　풀섶에 숨은 들고양이 새끼 애타게 어미를 부른다


하지만 곧 지루한 장마가 끝나
키다리 접시꽃들이 농가 앞에 무리 져 피어 수런대고

닦아놓은 전원주택 터에서는 아침저녁으로
연노랑 달맞이꽃들이 저마다 해맑으리라
그리고 우리 집 개는 배불러 장마 끝 출산이 자못 기다려
진다

# 점등사(點燈師)
김규동 선생 〈통일염원서각전〉에 부쳐

담배 한갑

시위장 같은 데서 가끔 만나면
불쑥 호주머니에 쑤셔넣어 주시던
김규동 선생의 백양담배 한갑

그것은 후배에 대한 사랑
열심히 하라는 격려였다

작은 키 깡마른 몸집에
소년같이 가벼워 보이는 선생의
천근 바위 같은 사랑의
잠자리 같은 실천

실바람처럼 경쾌하구나
솜털처럼 부담 없구나

젊어서는 모더니스트로

늙어서는 통일일꾼으로
열심히 사시는 선생
타박타박 성내를 돌며
거리의 등불을 밝히는
등이 굽은 점등사여

함북 종성 사람이자
서울 대치동 사람인
김규동 시인

# 흰 저고리 검정 치마

흰 저고리 검정 치마
너무 아름다워 흠갈라
운을 떼지 못하다가
생쪽지머리에 엷은 화장
둥근 어깨에 초승달 눈썹
이밥 눈에 박꽃 미소가
조선 미인의 전형이라서
매끈한 몸매 타고 흐르는
긴 고름 끝이 춤추는 듯
걸음새마저 날렵하니
아, 내 사랑하고픈 여자여라

# 내 안의 사라예보

내 안에 사라예보*가 있다, 세르비아와 보스니아가 대적
하는
　무고한 표적을 노리는 저격병의
　비열하고 비정한 가늠쇠 앞에
　의미 없이 쓰러지는 꽃청춘
　내전의 발칸, 사라예보의 비정한 살육이
　내 안에 있다, 시퍼렇게 살아 있다

내 안에 코소보**가 있다, 세르비아와 알바니아가 대적
하는
　날카롭게 찢긴 포신보다 더
　거덜난 양민들의 시신이
　쓰레기로 버려져 이루는 시산혈해(屍山血海)
　내전의 발칸, 코소보의 가증한 인종청소가
　내 안에 있다, 까맣게 살아 있다

내 안에 판문점 공동경비구역이 있다
내 안에 여의도 국회의사당이 있다

이빨을 드러내는 일촉즉발의 대치, 독사의 눈같이 싸늘
한 반목

겨 묻은 개 똥 묻은 개 얼려 뒹구는 이전투구

남북의 팽팽한 긴장, 여야의 치사한 대결이

내 안에 있다, 시뻘겋게 살아 있다


그러나 장송곡은 연주하지 말라

차라리 진혼곡을 불러다오

검정 보타이를 맨 신사, 흰 블라우스를 입은 숙녀

처녀 총각, 노인 어린이 모두 모여

클라리넷과 오보에, 플루트와 피콜로, 트럼본과 트럼펫,
호른과 튜바

바이올린과 비올라, 첼로와 콘트라베이스, 팀파니와 트
라이앵글까지

한데 어울려 세계가 일대 화합의 앙상블을 이루자

백두에서 북악을 거쳐 한라까지

손에 손잡고 인간띠로 이어져

오랜 미명과 적요를 거두고 광명 순리의 천지를 펼치자

한반도에, 이 나라에

# 비시(非詩) 연습

　한참 놀기 바쁠 나이에 나는 연 띄우기를 재미있어하면서도 연줄이 매양 전선에 걸려 애먹이곤 해서 연 띄우기를 꺼려했다

　한참 먹기 바쁠 나이에 나는 생선 맛을 좋아하면서도 가시가 매양 목구멍에 걸려 찌르는 애를 먹곤 해서 생선 먹기를 꺼려했다

　앞의 첫째 연과 둘째 연을 쓰고 '비시 연습'이라 제목까지 마음먹기에 소요된 시간만큼이나 빠르게 나를 살고 이 시를 미완으로 남긴 채 콤마로 중단을 볼까

　떼지도 않고 구두점도 없이 지루하게 이어지는 문체처럼 늙어가면서 이 시와 이 밖의 시들을 나름대로 완성하면서 피리어드로 종언을 부를까

　이제 셋째와 넷째 연이 끝나고 그 네 연에 나의 양다리와 양손이 각기 하나씩 걸려 사지가 찢어지면서 다섯째 마지

막 연은 끝나간다

# 명명백백한 노래

상식적으로 반편이라면
잃어버릴 남은 반편이 없다
논리적으로 반편이라면
잃어버릴 남은 반편이 있다
그러나 상식은 기실 엉뚱하고
논리는 애당초 까다로우니
따질 것 없이 나는
잃어버린 것이 있달 수밖에
그것도 옹근 하나를 통째로 잃어버렸달 수밖에

그렇다고 남의 이야기 하기 좋아하는
입빠른 가증스러운 녀석들
걱정도 팔자인지 팔자가 걱정인지
터무니없이 고놈의 주둥이를 놀려댄다
— 태어나면서 모친을 잃었나요?
동생을 먼저 잃었나요?
막역지우를 아깝게 잃었나요?
애인을 그만 잃었나요?

어미는 없다
동생은 없다
친구는 없다
애인은 없다
양지의 섬도
화려한 구름도
원색의 꽃도
강력한 스콜도 없다
아예 모두 없다

하느님이 로고스를 잃어버렸듯이
나 아닌 내가 나인 나를 잃었다
아벨이 카인을 잃어버렸듯이
죽은 내가 산 나를 잃었다
예수가 유다를 잃어버렸듯이
팔린 내가 판 나를 잃었다

근거 없는 뜬소문이라고 하는 자가
많을수록 좋다
터무니없는 헛소리라고 하는 자가
많으면 많을수록 좋다
나는 진실로 잃어버렸으니까
잃어버린 것을 찾을 길마저 잃어버렸으니까
나를 대적하여 모인
무수한 무리 앞에서
나는 자꾸만 어떤 경지에 도달하고
이 경지에서는 어차피
설교를 할 수밖에 없어진다


──가난한 자는 복이 있나니
저희가 영원히 가난할 것이요
굶주리는 자는 복이 있나니
저희가 영원히 굶주릴 것이요
목마른 자는 복이 있나니
저희가 영원히 목마를 것이요

슬퍼하는 자는 복이 있나니
저희가 영원히 슬플 것이요
괴로워하는 자는 복이 있나니
저희가 영원히 괴로울 것이요
천대받는 자는 복이 있나니
저희가 영원히 천대받을 것이요
버림받은 자는 복이 있나니
저희가 영원히 버림받을 것이요
잊힌 자는 복이 있나니
저희가 영원히 잊힐 것이로다

귀 있는 자는 들을지어다
나의 산상수훈 새로운 팔복을
나의 설교 중의 백미를
너희들이 명일의 백주에 노래할
명명백백한 노래를

제4부

—

낙락장송, 한울님이시여

# 우리는

누구를 사랑한다는 것은
함께한다는 것
끝까지 간다는 것
목숨 다하도록 더불어 산다는 것

사내와 계집의 정애나
새끼와 어미의 은애나
나와 이웃의 친애나
모든 인연과의 사뜻한 관계까지

우리가 소슬한 바람에 쏠리고
후줄근히 궂은비에 젖으며
갖은 경우의 험한 굴곡을 넘어
감당키 어려운 습지를 헤쳐나와
절룩거리면서, 절뚝거리며 함께 간다는 것

넘어지면서도 무너지지 않고
보이지 않아도 사라지지 않고

어디인가로 가는, 어딘가로 가는
아, 우리는 도반(道伴)인 것을

# 자기애(自己愛)


작고 비열한 사내
나를 두고 이름이나
그를 사랑할 계집이 없지만
침만 뱉기엔 불쌍한 구석도 없지 않아
그 사람, 나 아니면 누가 돌보랴

# 길

진달래, 애기똥풀, 붓꽃
엉겅퀴, 까치수염, 부처꽃
쑥부쟁이, 여뀌, 감국
이렇게 철 따라 벗하며
봄 여름 가을을 보냈다
얼어붙은 겨울은 좀 길게, 하나
순리에 맞추어 풀려가며
얼음장 녹이고 눈밭 헤집고서
정신 나게 노오란 복수초 얼굴 내밀어
어여쁜 손자손녀 대하듯
눈에 넣어도 아프지 않았다
이어 바람꽃 따라 발품 팔며
서해 변산반도로, 동해 호미곶으로
산하를 떠돌았다

# 세월

먼 산으로부터 굴러 굴러 내려와
칼 같던 날 모두 무디어
마침내 둥글게, 모나지 않은 돌멩이로
여기 있구나, 서로서로 어깨 비비며
벗으로 이야기 나누면서

# 낙락장송, 한울님이시여

비, 눈, 바람, 서리
하 세월 매서운 채찍으로
천길 벼랑에 우뚝 선
낙락장송

창공과 청산 아우르며
풍진세상 발아래 둔
한울님이여

당신을 존경하고 사모합니다
하여 나를 당신께 맡기고자 합니다
받아주십시오, 나무라지 마시고

당신의 든든한 팔
안온한 품에 안기고 싶습니다
올가미 밧줄은 챙겨왔습니다
낙락장송, 한울님이시여

# 공술

세상에 공술보다 맛있는 게 없다
사고무친하고 빈털터리인 불알친구에게 어쩌다 얻어먹는
술맛이야 무엇과 비교할 수 없다


저 살기 바쁘고 멀리 떨어져 있어 자주 보기 어렵지만
서로가 잊은 적 없는 우리는 동패
그 친구가 개털이면 나는 허당이다
동향은 아니나 북청과 평양 출신의 우리는 같은 삼팔따
라지


중고등학교는 물론 6·25전쟁 때 피난학교도 같이 다닌
이를테면 우리는 삼겹 동기동창
앞뒤 책상에 자리하고 선생을 골려먹던 못 말리는 말썽
꾸러기
별명이 짱구였던 앞짱구 뒤짱구
친구는 공부도 잘하고 장난도 주도하던 편으로
나보다 한길 위였다

친구여, 우리 곧 다시 만나
술 한잔 하세나, 누가 사든
그동안 쌓였던 회포 풀어봄세나
앞으로 몇차례나 더 우리가 만날 수 있겠나
그렇지 않은가, 안 그런가

# 봉창

흙벽에 달랑 봉창(封窓) 하나만 뚫어놨어도
소경처럼 귀머거리처럼
농투성이는 조금도 갑갑해하지 않았소
비록 막힌 붙박이창이지만
아주 작아 별명이 눈곱재기인 봉창은
어엿이 광창(光窓) 구실 해서, 얼마든지
바깥 풍경을 안으로 들여 담을 수 있었으니까 말이오

사면을 온통 미닫이문으로 두른, 으리으리한 사대부 댁
아니어도
서안(書案) 위에 두툼한 서책 같은 것 쌓이지 않았어도
저네들은 알았던 거요, 세상 사리를
세상살이, 살림살이 하며 몸에 밴 슬기에다가
타고난 착한 성정과 꾀부리지 않는 성실로써 그걸 알았
으니까요
공부 따위로 깨우치지 않았어도 말이외다

흙벽에 달랑 봉창 하나만 뚫어놨어도

농투성이는 조금도 갑갑해하지 않았소

광창 구실 하는 봉창으로 얼마든지

바깥 풍경을 안으로 들여 담을 수 있었으니까 말입니다

# 당신의 뜻

눈부시지 않고 따갑지도 않은
겨울 아침 햇살 온몸으로 안으며
곧게 뻗은 길을 나아갈 적에 찾아오는
이 더할 나위 없는 편안함은
당신의 크나큰 은총
저 눈부심 속으로 내 한몸 던져
소멸해가라는 뜻으로 알겠나이다

# 솔, 솔

나이테가 쌓여감에 따라
허물 벗듯 불그레한 몸통 빛내며
푸른 하늘로 올곧게 뻗어오른
우리의 금강송(金剛松)
그대를 쳐다보기에
내 모가지가 너무 짧아라

이 산하 비산비야에 무리 지어
더러는 굽고 어떤 것은 휘면서도
얼크렁설크렁 사이좋게 어울리며
제 몸 추슬러 한밭 이룬
키 작은 재래종 소나무떼
저희를 사랑하기에 내가 임의롭구나

피붙이처럼 살갑고 이웃처럼 편한
내 식솔 같은 솔이여
상당관(上堂官)쯤 높은 분, 어르신처럼 어려운 분
늘 우러러뵈는 솔이여

# 매화음(梅花飮)


단원(檀園)이 매화 사랑하기를
그림 팔아 손에 쥔 소중한 돈 거의 다 쏟아
매화분 하나 장만하였네
그리고 나머지로는 벗들과 술을 자셨다네
집에 가져간 돈은 고작
떨어진 고물에 지나지 않았네


김홍도에 얽힌 매화음 이야기를 듣고
나는 쥐구멍을 찾고 싶었다
얼굴이 확 달아오르면서

# 매화 가지와 더불어

구레나룻이 탐스러운 윗마을 후배 '작은 파바로티'가 청계리 산장 뒷산에서 꺾어다 준 매화 가지 한아름이 늙은 아내의 덤덤한 손놀림으로 제법 맵시 나게 꽂꽂이 되어, 용모가 준수한 신복리 젊은 도예가의 분청사기 귀얄문 항아리에 담겨, 겨울 부드러운 햇볕이 드는 창가에서 한참을 새댁으로 참을성 있게 얌전히 앉아 마디마디에 돋은 발아가 뾰루지처럼 애먹이다가, 그제부터 새초롬히 봉오리를 봉곳봉곳 틔우더니 오늘 아침에는 일제히 꽃을 잔뜩 터뜨렸다.

한동안 세상이 다 환해졌다.
인생이 아주 살 만했다.
가벼이 흥분되며 신명까지 났다.

돌이켜보면 지난겨울 나로 하여금 엄혹한 계절을 오히려 즐거이 지나게 한 것은 오로지 한아름 매화 가지와 더불은 탓인데, 다음 해 엄동에는 어느 누가 또 이 노인을 위하여 한아름 매화 가지를 선물하여 쇠잔해진 내 기운을 북돋워 견디게 할까.

# 꿈

　요즈음은 혜곡(兮谷) 최순우 선생의 한국미에 대한 혜안에서 풀어져나오는, 감칠맛 나는 글맛으로 새벽을 깨뜨린다.

　아침녘에 벌써 전남 담양의 소쇄원을 소풍하고 오거나, 북녘 고향 평양의 을밀대에 올라 부벽루에서 대동강을 조망하고 돌아오는데, 점심 전에 창덕궁 연경당 사랑채에 앉아 사방탁자 위의 한없이 어질어 보이는 백자 달항아리와 한참 대면하다가, 고개 돌려 후원 화계(花階)에 파스텔톤으로 핀 영산홍 여러그루와 그 틈새에 다복다복 돋은 소복의 궁궁이에 눈길을 주고, 오후에는 비원 여기저기 정자들을 돌아보며 소요하다가, 어느덧 해 설핏하면 옥류천 돈대 밑에 넘치는 청정수에 손을 씻는다.

　이 일은 내가 바라는 소원, 노경(老境)의 유일한 낙이 될 터이지만, 한낱 꿈에 지나지 않기 십상이니 허황되게 시대를 거꾸로 사는 게 아닌가 싶기도 하나, 콘크리트 상자 같은 아파트에 갇혀 사는 나로서는 해볼 수밖에 없는 몸부림이다.

# 나의 미학
길고양이


뒷골목의
쓰레기통을 뒤지는
길고양이
배가 불렀다, 그래서
아름답다

# 시 짓기

추적추적 비가 내리면 나는 좋다
도회인이야 외출에 다소 불편이 따르겠지만
농부들은 농사 망칠까봐 걱정이 태산이겠으나
정년퇴직하고 탈서울한 지도 오래
시골에 묻혀 조용히 사는 나로서는
아무것 하지 않고 있어도 핀잔맞을 일 없고
끼니때 반주 좀 과하게 해도 핑곗거리가 되니
추적추적 비가 내리면 나는 좋다

움직이려면 몸이 젖고 꿉꿉하니 방 안에 박혀
절로 책상을 마주 앉게 되기 십상이고
빗방울 굴러떨어지는 창밖 내다보면
사유(思惟)가 나래 타고 훨훨 창공을 날고
유리창에 자잘히 이는 무늬 속에 시상이 떠오른다

시 짓기에 들어가면 갈등과 번민이 이어지고
인고의 생산에 뼈를 깎는 고통이 따르며
작품의 완성은 언제일지 기약 없으나

그래도 늘 가슴 설레며 결과는 기대되는 것
장마가 길어져 달포를 넘기게 되면 그만큼
작시(作詩) 시간이 늘어나는 셈이어서 사정이 여유로워져
긴 장마가 지루한 줄 모르게 된다

천생 나는 글쟁이인가
죄짓는 것만 같아 찝찝하다

# 세월을 타다

그때 젊어서는
여자에게 버림받아
징징 울고

지아비 되어서는
돈이 따르지 않는다고
푹푹 한숨을 내쉬었다

그런데, 그런데

이제 늙어서는
시를 버리자면서
꺽꺽 운다

# 떠돌이 개

세상에서 가장 두꺼운 외투를 입었다
하지만 누구도 멋진 외투로 보지 않는다
너무 낡아 누더기가 다 되었기 때문이다
거지 중의 상거지 행색이다
본의 아니게 견고한 갑주에 갇힌 꼴이 되었다
홀로 황야에 내던져진, 엄연한 하나의 실존
흡사 나와 다르지 않다

# 허허무무(虛虛無無)

없다
(유식해서가 아니라 좀 재미있으라고)
프랑스말로 '리앵'
독일어로 '니히츠'
스페인말로 '나다'
중국어로 '메이요우'
러시아말로 '니야뜨'
영어로는 '낫싱'
(아는 것은 이뿐, 극히 단편적인)
칠십 평생에 이룩한 것이 없다
앞으로 남을 것도 없다
아무것도 없다
그러므로 아니다

# 쌈을 싸는 사람들

잔뜩 크게 쌈을 싸서
한입 가득 입안에 쑤셔넣고는
와작와작 씹는 쌈밥
나이 든 아줌마나 새파란 아가씨까지
모두가 즐기는, 요즘 유행하는 말로
코리언 푸드 컬래버레이션
부러워라, 쌈을 싸는 사람들이
아, 이 빠진 노인은 슬퍼라

싱그러운 건강이 깃발처럼 나부끼고
푸른 젊음의 아방가르드 정신이
뭉게구름처럼 피어나는, 때로
비행운처럼 꼬리를 그리는
천변만화
무한 가능성이
저기 여름 하늘이여

# 두 별의 우화

날씬한 별
뚱뚱한 별
두 별이 있습니다

흰머리독수리 나라의 별이 날씬한 별이고
불곰 나라의 별이 뚱뚱한 별입니다
그리고 미국의 별이 하얀색이고
소련의 별이 붉은색입니다

디자인 측면에서 보면
우열을 가리기가 어렵습니다
취향의 문제이니까요
그러나 진영논리에 의하면
두 별은 확실히 갈립니다
하나는 자본주의의 별이고
또 하나는 공산주의의 별인 거지요

그래서 한쪽에 치우치지 않고 중립을 지키고자 하는

지식인은 참으로 고민인 것입니다

그런 중에 홀연히 해결자 한분이 나타났습니다
그분은 바로 걸레스님이란 별명의 중광(重光)이었습니다
참말로 지혜롭고 용감한 선생이었습니다
GI 점퍼에 붉은 별이 선명한 모택동 모자를 쓰고
국제적인 거리 인사동에 나타났던 것입니다

행인들은 중광의 행색을 보면서 모두 웃었습니다
그 웃음의 뜻은 무엇이겠습니까? 여러분

# 밤바다

흰 뼈 드러내고 검은 바위 때리며
파도가 울어대는 바닷가
달빛 섬뜩한 동해안
양양의 밤
유혹의
손짓

# 어느 일지
공돈


이외수의 소설 제목에서 옥호를 딴 인사동의 자그마한 주점 〈흐린 세상 건너기〉에서, 고교 후배이자 시 후학인 김명성이 호주머니에 쑤셔넣어준 용채로 갑자기 부자 된 기분으로 두부김치랑 고기무침묵이랑 안주로 시켜놓고, 오랜만에 분에 넘치는 비싼 백세주를 마시며 말썽 피우는 자식 이야기, 노(盧) 대통령 헌법소추 이야기, 요즘 젊은 시인들의 시 이야기 따위로 시간 가는 줄 모르다가, 전철이 끊기기 전에 밖으로 나오니 때마침 첫눈이 분분, 흐린 세상이 한결 밝아지는 듯하여 붐비는 젊은이들 틈에 섞여 우리는 환호작약했다.

우리 멤버는 신경림, 민영, 구중서였는데, 나는 술맛이 나지 않을까 싶어 술값이 공돈이란 사실을 밝히지 않았다.

# 허튼소리

젊은 시절 철들기 전 나는
다리가 굵은 처자에 대고 무다리라고 놀려댔다
허리가 없는 아낙을 보고는 도라무통이라고 이죽거렸다
아랫배가 나온 과수댁더러는 똥배라고 하대했다
젖통이 큰 아주머니 등 뒤에서는 미련퉁이라고 빈정댔다
눈자위가 시커먼 계집 앞에서는 서방 잡을 매구라고 헐
뜯었다
눈웃음치는 여자를 두고는 사내 호릴 여시라고 흉보았다
씨알머리 없는 년을 가리켜서는 새대가리라고 씹어댔다

나는 매사에, 사사건건, 사안시하며, 악의에 차서
깎아내리고, 욕지거리하며, 핏대를 올려야 직성이 풀리
는 별종
싸가지 없는 악종, 구제불능의 망종이었다
허물 벗어 새사람 되기는 애시당초 글렀었다

글쎄 육십에 한다는 이순을, 나는
팔십을 바라보면서야 겨우 하는 듯하니

그것도 아주 어설프게, 서투르게

기가 빠지고, 허해져서, 할 수 없이

# 교정하여 버린 활자처럼

낮 불이 켜진 인쇄소 교정실에서
하루의 밝은 바깥날 잊다가
땅거미 내리는 거리에 서면
갈 곳은 동서남북 아무 데도 없고
이나저나 친구들을 만날밖에
"어이! 한잔 어때?"
"좋지! 좋아, 좋구말구."
술자리 같이해도 정작 뚜렷이 할 얘기는 없고
이야기도 할 줄 모르지만
술술 넘어가는 술이나 넘기다보면
어느새 자리 털며 슬슬 일어날 때가 되고
애인의 품속 같은 밤에 안기고파
아침에 나왔던 골목길로 되들어가면
인쇄기의 판 짜는 쐐기처럼 쪽방에 끼어
밤의 품속도 고단한 생시의 연장이 되고 만다
인쇄소 너절한 콘크리트 바닥에서
도수 높은 안경을 콧등에 얹고 등이 굽은
키 작은 조판공의 발에 밟히는

교정하여 버린 활자라도 되고 말 것을
교정하여 버린 활자라도 되고 말 것을

후회막급, 하루를 또 유예했다

# 까치수염

희고 작은 별들이 은하수 이루어
이삭 모양을 했다
내가 사는 양평군 옥천면 용천리
산 푸르고 골물 맑은 설매재 아래
야트막한 마을 뒷산에 오르면 만나는
길섶의 하얀 까치수염들
말끔히 다듬어지고 끝이 모아진 모양새가
합스부르크가(家) 모임의 대공들 수염 같다
우리나라 옛분들, 상당관쯤 높은 사대부와
학문이 깊은 선비의 정갈한 수염과도 흡사한데
동네 할배들 가운데에도 심심찮게 더러 있어
멋 부리지 않으면서도 은근히 멋스러우니
참 보기에 좋다

# 새날

꽃 피고 새 우는 봄날이 오면
나 떠나리, 이 산하 어드메에
쇠잔한 몸 추슬러 외양 단정히 매만지고
명아주 단장에 의지해
희고 가는 머리카락 날리며

# 두물머리의 이끼바위

## 구중서

　황명걸은 과작의 시인이다. 이번에 그의 시선집이 나온다며 나에게 발문 청탁이 왔다. 그의 첫 시집 발문을 내가 썼는데, 그뒤 오랜 세월이 지나고 시선집의 발문을 또 내가 쓰게 되었다.

　황명걸 시인과 나는 풍모와 행색이 다르다. 그는 청바지 차림에다 때로는 꽁지머리를 하고 다니는 모던보이랄까 자유인이다. 그에 비해 나는 산촌의 굼뜬 시골뜨기 같은 모습이다. 그런데 주변에서는 황명걸 시인과 내가 매우 친한 사이로 보인다고 한다. 하기야 우리는 가까이 지내는 문우들과 더불어 저 명동 시대와 관철동 시대 그리고 인사동 시대를 함께 거닐었다. 지금 황명걸 시인은 경기도 양평의 남한강가에 살고 있는데, 가끔 서로 안부 전화는 주고받는다.

시인의 생애에서 그의 시가 대중 속에 남아 잊히지 않는 것이 몇편이나 될까. 그리 많지는 않을 것이다. 황명걸 시인의 대표작으로는 단연 「한국의 아이」가 손꼽힌다. 그런데 이마저도 대중에게는 널리 알려져 있는 편은 못된다. 그러나 알 만한 이들은 이 「한국의 아이」 한편만으로도 황명걸은 불멸의 시인이 될 수 있다고 믿는다.

「한국의 아이」는 전쟁을 겪은 한국 현대사회의 밑바닥 삶과 가난을 절실하게 담고 있다. 이 가난 속의 아이는 한낱 연민의 대상이 아니다.

못사는 나라에 태어난 죄만으로
보다 더 뼛골이 부서지게 일을 해서
머지않아 네가 어른이 될 때에는
잘사는 나라를 이룩하도록 하여라
(…)
그 누구도 믿지 마라
가지고 노는 돌멩이로
미운 놈의 이마빡을 깔 줄 알고
정교한 조각을 쫄 줄 알고
하나의 성을 쌓아올리도록 하여라
맑은 눈빛의 아이야
빛나는 눈빛의 아이야

불타는 눈빛의 아이야

―「한국의 아이」 부분

이렇게 가난 속에서도 좌절하지 않고 잘사는 나라를 이룩해야 한다는 의욕과 맑은 눈빛이 빛난다. '돌멩이로 미운 놈의 이마빡을 까기도 한다'는 대목은 독특한 개성이다.

황명걸은 겸허하지만 또 자유인 기질이 있는 만큼 분방한 결기도 지니고 있다. 이 결기의 발산은 때로 생활에서의 일탈로 나타나기도 한다. 이 일탈들에 대해 그는 「참회」에서 "언제나 철이 들까" 자탄하기도 한다. 그러나 시인의 참회는 주눅만 들고 끝나는 것이 아니다. 성찰과 동시에 분기(奮起)하는 실천이 있다.

한포기 작은 풀일지라도
그것이 살아 있으면
비에 젖지 않나니
더구나 잎이 넓은
군자풍의 파초잎에랴
빗방울을 데불고 논다

―「지조(志操)」 부분

시인은 '지조'를 말하며 군자풍에까지 생각이 미친다. 이

것은 어떤 자홀(自惚)의 기개가 아니다. 순수한 심성의 표현일 따름이다. 4·19 민주혁명의 기억을 살린 「다시 사월에」에 드러나는 시인의 역사의식은 자신의 혈기를 외치는 것이 아니라 절실한 자괴감이다.

인왕산의 철쭉보다 붉은 선혈 아낌없이 뿌리며
아직 풋풋한 젊음들이 떨어질 때
(…)
붓 꺾고 바둑 두고 술만 마신 나는
부끄러워 울고 싶다

더이상 부끄럽지 말자

─「다시 사월에」 부분

하지만 시인은 부끄럽지만 자성하고 떨쳐 일어서려는 의기에까지 이르는 마무리를 잊지 않는다. 그리고 지조를 위한 실천에 나서기도 한다.

황명걸 시인은 유신독재 시절에 직장인 동아일보사에서 언론자유를 위해 투쟁하다가 동료들과 함께 해직을 당했다. 집단 해직을 당한 '동아투위' 기자들은 매일 회사 후문 앞에 모여 시위를 벌였다. 이때 황명걸은 문단의 벗들을 동원해 그 시위에 동참시켰다. 나도 몇번 그 동아투위 시위

행렬에 가담한 적이 있다.

　이렇게 독재 권력의 횡포로 직장마저 잃은 가난한 시인은 허름하고 저렴한 술집 골목에 정을 붙인다.

　　　돼지껍질 한접시에 천원 하던
　　　파고다공원 뒤 낙원시장 안
　　　소문난 실비 추탕집 국밥이
　　　옛 인심 아직 살아 있어
　　　오백원 오른 여태 천오백원으로
　　　해장 반주용 소주 반병도 판다
　　　　　　　　　　　　　　　　　　─「낙원시장께」 부분


　식당 겸 주점이 즐비한 이 골목에서 시인은 샐러리맨, 택시기사, 실업 청년, 노름꾼 등 서민 대중의 체취에 정이 든다.

　군중이라는 목욕탕을 사랑한 시인 보들레르처럼 황명걸은 소탈한 인간애의 삶 가운데에서 모든 것을 실천한다. 그의 실천은 늘 정(情)에 연결되어 있다. 이 정은 북에 두고 온 고향과도 연결되어 있다. 「지조」에서 파초 잎이 비에 젖지 않고 "빗방울을 데불고 논다"는 구절의 '데불고'가 북한 지역 사투리이다.

　어릴 적 고향에 대한 그리움은 이 시인에게 본능과 같은 것이다. 서울 사람들은 부자가 되어 강남으로 이사하는 것을 자랑하지만, 시인은 "북으로 시원하게 뚫린" '통일로'라는 가도가 좋았다. "보기에도 살벌한/또치가 같은 검문 초소와/쭈뼛쭈뼛한 탱크 저지물이 볼썽사납지만"(「새 주소」) 서울 북쪽의 고양으로 이사한 것이 마치 귀향길에 올라 있는 듯이 가슴을 두근거리게 한다. 그뒤 황명걸은 양평으로 이사해 살고 있다.

> 사방이 시원히 트인 두물머리에 서서
> 북한강 남한강 두 물 합쳐 한강을 이루듯
> 남북이 하나 되어 고향길 열리길 비네
> ─「두물머리에서」 부분

경기도 양평군 양수리 두물머리 공원에 지역 문인들이 세운 황명걸의 「두물머리에서」 시비가 있다. 이 시에서 시인은 고향이 그리워 양평에 와서 산다고 했다. 북한과 남한에서 발원하는 두 물줄기가 양평에 와서 하나의 한강으로 합쳐서 흐르는 것을 시인은 통일의 상징으로 여기고 있다. 이것이 그의 역사의식이다.

남과 북의 물이 만나는 두물머리 근처에 살면서 시인은 이 삶을 "나의 유배, 위리안치"라고 하면서 "탱자나무 가시 울타리 속/한칸 모옥이면 족하다"(「한일(閒日)」)라고 말한다. 그는 언제나 허무와 퇴영으로 말을 끝내지는 않는다. 유배지의 다산이나 추사를 내심 부러워하기도 한다.

　황명걸 시인은 결코 거창하게 폼을 잡으려 하지 않는다. 오히려 부끄러움과 깜냥을 알며 살고자 한다.

　　검은 바위에
　　버짐처럼 핀 청태
　　일견 메말라 보이나
　　기실 살아 있는 바위이끼

　　(…)

　　엎드린 게 아니라
　　낮춘 게 아니라
　　제 모습으로 산다
　　제 깜냥대로 산다

　　(…)

　　이끼 낀 천근 바위에게
　　미풍이든 광풍이든 바람은 노래
　　　　　　　　　　　　　　　　　　—「바위이끼」 부분

시인은 "제 모습"과 "제 깜냥"을 강조한다. 소탈한 인간애의 실천과 통일의 역사의식까지 알지만 그래도 끝나지 않고 계속 남는 것이 있다. 그것이 바로 바위이끼와 같은 삶이다.

생명의 노래인 시는 원천이며 궁극이고 영원이다. 「새날」에서는 "꽃 피고 새 우는 봄날이 오면/나 떠나리, 이 산하 어드메에"라고 했다. 이 '떠남'은 죽음을 뜻하는 것이 아니다. 떠남은 곧 영원 속의 소요인 것이다. 봄날만 좋은 것이 아니다. 소복이 내린 눈을 덮고도 포근히 잠들 수 있는 바위이끼 같은 시인은 "어쩌다 멍멍이가 인기척을 알리면/아, 살아 있음을 고마워"(「한일」)한다.

사는 날의 인기척은 반갑고 고마운 것이다. 우리 서로 방문해 인기척을 내는 일에 너무 게을리하지 말면서 함께 영원을 살지어다.

具仲書 | 문학평론가

　사유와 연찬 그리고 작시에 게을렀던 나로서는 인생 역
정을 정리해볼 계제에 시선집을 가지게 되는 행운은 결코
쉽게 얻어지는 것이 아니다. 그러나 지금 내 심정은 그리
기쁨으로 밝은 게 아니라 한껏 어둡고 침울하다.

　　── 내가 이러려고 ○○○을 했나, 자괴감이 든다.

　광화문광장에 촛불시위가 은하수 별들처럼 반짝이며 물
결을 이루는 요즈음 유행하는 말이다.
　시선집을 내면서 교정지를 보자니, 내 평생 써온 시편들
중에서 가려 뽑았다는 것이 이것밖에 안되나 싶어, 지난날
이 후회스럽기 짝이 없다. 그야말로, 내가 이러려고 시인 노
릇을 했나, 자괴감이 든다. 아주아주 많이 든다. 진작 때려
치우지 못한 게 한스럽다. 그러나 어쩌랴. 못났어도 내 자식
이니 이제 와 저버릴 수 없는 노릇, 씁쓸한 입맛을 다시며

자위할밖에.

　부족한 시편들을 정성껏 엮어서 시선집을 내주는 창비가 고맙기만 하다. 더구나 꼼꼼히 편집을 해준 편집팀 식구들에게는 고맙고 또 고맙다.

　엮은이 신경림, 구중서 두 외우에게는 부끄러움을 감출 길이 없다.

　독자들에게는 죄송스럽다. 바다와 같은 양해를 구한다.


2016년 동짓달 남한강변 강상에서<br>황명걸

## 엮은이 소개

**구중서** 具仲書  1936년 경기도 광주에서 출생하고, 중앙대 국문과 및 동대학원을 졸업했다. 1963년 『신사조』에 「역사를 사는 작가의 책임」을 발표하며 비평활동을 시작했다. 평론집 『한국문학사론』 『문학을 위하여』 『민족문학의 길』 『분단시대의 문학』 『한국문학과 역사의식』 『자연과 리얼리즘』 『문학과 현대사상』 『문학적 현실의 전개』 『역사와 인간』 『문학의 분출』 『한국 천주교문학사』, 시조집 『불면의 좋은 시간』, 산문집 『좋은 언어로 세상을 채워야』 등이 있다. 요산문학상을 수상했다. 한국작가회의 이사장을 역임했으며, 현재 수원대 명예교수로 있다.

**신경림** 申庚林  1935년 충북 충주에서 출생하고, 동국대 영문과를 졸업했다. 1956년 『문학예술』에 「갈대」 등이 추천되어 작품활동을 시작했다. 시집으로 『농무』 『새재』 『달 넘세』 『가난한 사랑노래』 『길』 『쓰러진 자의 꿈』 『어머니와 할머니의 실루엣』 『뿔』 『낙타』 『사진관집 이층』, 장시집 『남한강』, 동시집 『엄마는 아무것도 모르면서』, 산문집 『신경림의 시인을 찾아서』 1·2 등이 있다. 만해문학상, 한국문학작가상, 이산문학상, 단재문학상, 공초문학상, 대산문학상, 만해대상, 시카다상, 호암상 등을 수상했다. 현재 동국대 석좌교수로 있다.

198

황명걸 시선집

## 저희를 사랑하기에 내가

초판 1쇄 발행 / 2016년 12월 26일

지은이 / 황명걸
엮은이 / 구중서 신경림
펴낸이 / 강일우
책임편집 / 이선엽
조판 / 박지현
펴낸곳 / (주)창비
등록 / 1986년 8월 5일 제85호
주소 / 10881 경기도 파주시 회동길 184
전화 / 031-955-3333
팩시밀리 / 영업 031-955-3399 편집 031-955-3400
홈페이지 / www.changbi.com
전자우편 / lit@changbi.com